I0647105

ANATOLE FRANCE

DE L'ACADÉMIE FRANÇAISE

JOCASTE

ET

LE CHAT MAIGRE

PARIS

CALMANN-LÉVY, ÉDITEURS

3, RUE AUBER, 3

1927

Fin d'une série de documents
en couleur

JOCASTE

ET

LE CHAT MAIGRE

79.622

COLLECTION BLEUE

ANATOLE FRANCE

LES CONTES DE JACQUES TOURNEBROCHE

LES DIEUX ONT SOIF

L'ÉTUI DE NACRE

L'ILE DES PINGOUINS

LE JARDIN D'ÉPICURE

LE LIVRE DE MON AMI

LE LYS ROUGE

LES OPINIONS DE M. JÉRÔME COIGNARD

L'ORME DU MAIL

LE PETIT PIERRE

LA RÔTISSERIE DE LA REINE PÉDAUQUE

THAÏS

ANATOLE FRANCE

DE L'ACADÉMIE FRANÇAISE

JOCASTE

ET

LE CHAT MAIGRE

PARIS

CALMANN-LÉVY, ÉDITEURS

3, RUE AUBER, 3

1925

Droits de traduction et de reproduction
réservés pour tous les pays.

Copyright, 1925, by CALMANN-LÉVY

JOCASTE

J.

— Quoi! monsieur Longuemare, vous mettez
des grenouilles dans vos poches? Mais c'est
dégoûtant!

— Rentré dans ma chambre, mademoiselle,
j'en fixe une sur une planchette, et je lui
découvre le mésentère, que j'excite au moyen
de pir⋅⋅s très délicates.

— Mais c'est affreux! Elle souffre, votre grenouille!

— Elle souffre peu en hiver et beaucoup en
été. Si le mésentère est enflammé par suite
d'une lésion antérieure, la douleur devient
intense et le cœur cesse de battre.

— Et que vous sert de torturer ainsi de pauvres animaux?

— A édifier ma théorie expérimentale de la douleur. Je prouverai que les stoïciens ne savent ce qu'ils disent et que Zénon était un imbécile. Vous ne connaissez pas Zénon, mademoiselle? Ne le connaissez jamais. Il niait la sensation. Et tout n'est que sensation. Vous aurez des stoïciens un aperçu exact et suffisant quand je vous aurai dit que c'étaient des fous sans gaieté qui méprisaient la douleur avec une affectation insipide. Si quelqu'un de ces barbacoles s'était trouvé sous mes pinces, dans la position de ma grenouille, il aurait vu si on supprime la douleur par un acte de la volonté. D'ailleurs il est extrêmement avantageux pour les animaux d'être doués de la faculté de souffrir.

— Vous plaisantez! A quoi peut servir la douleur?

— Elle est nécessaire, mademoiselle. C'est la sauvegarde des êtres. Si, par exemple, la flamme ne nous causait pas, dès la première atteinte, une excitation intolérable, nous nous rôtirions tous jusqu'aux os sans nous en apercevoir.

Il la regarda.

— Et c'est une beauté que la souffrance, ajouta-t-il. Richet a dit : « Il y a entre l'intelligence et la douleur un rapport tellement étroit que les êtres les plus intelligents sont ceux qui sont capables de souffrir le plus. »

— Et naturellement vous vous croyez capable de souffrir plus que personne. Je vous demanderais bien de me conter vos souffrances, mais j'aurais peur d'être indiscrète.

— Je vous l'ai dit, mademoiselle ; Zénon était un sot. Si je souffrais beaucoup, je crierais. Quant à vous, qui êtes d'une organisation délicate et dont les nerfs sont des cordes sensibles, vous offrez à la douleur un instrument sonore, un clavier à huit octaves sur lequel elle pourra jouer, quand il lui plaira, les variations les plus savantes et les plus riches.

— Ce qui veut dire en français que je serai très malheureuse. Vous êtes insupportable. On ne sait jamais si vous parlez sérieusement. Et vos idées sont tellement extraordinaires que le peu que j'en comprends me fera tourner la tête. Mais répondez-moi comme il faut, et soyez sensé une fois dans votre vie, si vous pouvez. Est-il

vrai que vous nous quittiez ainsi et que vous
alliez si loin?

— Oui, mademoiselle; je dis au Val-de-Grâce
un éternel adieu. Je n'y ordonnancerai plus la
limonade au citron. C'est sur ma demande que
je suis mis hors cadre et détaché comme stagiaire
en Cochinchine. Je me suis déterminé en cette
circonstance comme en toute autre, après avoir
mûrement réfléchi... Vous souriez, mademoiselle? Vous me croyez léger. Mais écoutez mes
raisons : d'abord j'échappe ainsi aux portières,
femmes de ménage, maîtresses d'hôtel, garçons
d'hôtel, marchands d'habits et autres ennemis
acharnés de mon bonheur domestique. Je ne
verrai plus sourire de garçons de café. Avez-vous
remarqué, mademoiselle, que les garçons de
café sont uniformément surmontés d'un crâne
magnifique? C'est là une observation féconde;
mais il est inutile de vous développer les
théories qu'elle me suggère. Je ne verrai plus
le boulevard Saint-Michel. Je trouverai à
Shanghaï des monuments ostéologiques d'après
lesquels j'achèverai mon mémoire sur la den-
tition des races jaunes. Enfin, je perdrai ce
teint vif qui témoigne, comme vous dites,
mademoiselle, d'une santé insolente, et je

prendrai l'aspect plus intéressant d'un citron à ses derniers jours. Il se produira dans mon foie des désordres compliqués qui exciteront vivement ma curiosité. Avouez-le, tout cela vaut bien le voyage.

René Longuemare, aide-major de première classe, parlait ainsi dans le jardin, au pied du chalet. Il y avait devant lui une petite pelouse, une pièce d'eau avec une grotte artificielle, un arbre de Judée, des houx le long d'une grille; par delà la grille, au loin, la belle vallée, la Seine, ondulant à gauche entre des rives d'un vert pâle, traversée à droite par la ligne blanche du·viaduc et disparaissant entre cette immensité de toits, de clochers et de dômes, qui est Paris. La lumière, qui tombait dans le lointain poudroyant, sur le dôme doré des Invalides, y rebondissait en rayons. C'était une bleue et chaude journée de juillet; quelques nuages blancs se tenaient immobiles dans le ciel.

La jeune fille à qui René Longuemare parlait, assise dans un fauteuil de fer, leva sur l'aide-major ses grands yeux clairs et resta silencieuse avec quelque chose d'incertain et de triste sur les lèvres.

Ses yeux, d'une nuance indécise, avaient l'air

frileux et si chargés de langueur, que tout le
visage qu'ils éclairaient en recevait une expression singulière de volupté, bien que le nez fût
droit et les joues un peu creuses. La face, d'une
nuance uniformément blême, faisait dire aux
femmes : « Cette demoiselle n'a pas de teint. » La
bouche, trop grande, un peu molle, exprimait
des instincts de bienveillance et de facilité.

René Longuemare reprit avec effort ses
détestables plaisanteries :

— Non! dit-il, il faut vous l'avouer, mademoiselle; en quittant la France, je fuis mon
bottier. Son accent tudesque m'est devenu
insupportable.

Elle lui demanda encore une fois s'il était
vrai qu'il partît. Alors il cessa brusquement de
sourire.

— Je prends demain, dit-il, le train de
7 heures 55 du matin et je m'embarque à Toulon
le 26, à bord du *Magenta*.

Il entendit le bruit des billes d'ivoire qui se
choquaient sur le billard, dans le chalet, et une
voix méridionale qui s'écriait emphatique-
ment :

— Sept à quatorze!

Il jeta un regard rapide à travers la porte

vitrée sur les joueurs, fronça les sourcils, dit
brusquement adieu à la jeune fille et partit vite,
avec un visage bouleversé et des yeux gros de
larmes.

La jeune fille le vit un moment ainsi de
profil, au-dessus des houx, derrière les lances
de fer de la clôture. Elle se leva, courut jusqu'à
la grille, serra son mouchoir contre sa bouche
comme pour y étouffer un cri, puis enfin,
résolue, elle étendit les bras et appela d'une
voix étranglée :

— René !

Elle laissa retomber ses bras : il était trop
tard, il ne l'avait pas entendue.

Elle se colla le front contre un barreau de fer.
La détente de ses traits, l'abandon de tout son
être témoignaient d'une irréparable défaite.

La voix méridionale sortie du chalet cria :

— Hélène ! le madère !

C'était M. Fellaire de Sisac qui appelait sa
fille. Il se dressait de toute la hauteur de sa
petite taille devant le tableau où les points des
joueurs étaient marqués au moyen d'anneaux
de bois enfilés dans des tringles. Avec un geste
magnifique, il frottait de craie le bout de sa
queue de billard. Ses yeux pétillaient sous des

sourcils en broussailles très épais. Il avait un
air capable et satisfait, bien qu'il eût largement
perdu la partie.

— Monsieur Haviland, dit-il à son hôte, je
tiens essentiellement à ce que ma fille nous
fasse elle-même les honneurs de mon madère.
Que voulez-vous? Je suis patriarcal et biblique.
En votre qualité d'insulaire, je vous crois bon
appréciateur de tous les vins en général et du
madère en particulier. Goûtez celui-ci, je vous
prie.

M. Haviland tourna sur Hélène ses yeux
ternes et prit silencieusement le verre qu'elle
lui présentait sur un plateau de laque. C'était
un long personnage à longues dents et à longs
pieds, roux, chauve, vêtu d'un costume à carreaux. Il avait gardé sa jumelle en bandou-
lière.

Hélène disparut. Elle avait regardé son père
avec inquiétude. Elle semblait mal à l'aise de
l'entendre faire ses politesses volumineuses.
Elle fit dire qu'elle était indisposée et qu'on
l'excusât de ne point paraître au dîner.

Dans la salle à manger, peinte comme un café
de boulevard, M. Fellaire de Sisac versait,
coupait et découpait à grands fracas. Il s'écriait:

« Eh! la truelle au poisson! » quand il l'avait
sous les yeux. Il éprouvait le fil du couteau
avec une gravité d'opérateur forain et passait
sa serviette très haut dans son gilet. Il vantait
ses vins et parla d'un syracuse sec, longtemps avant de le déboucher.

Le jardinier, loué à l'année, faisait le service
de la table avec un air goguenard et sour-
nois. C'était une espèce de paysan faubourien
qui jetait dans l'oreille de son maître d'assez
vertes reparties sans que celui-ci parût les
entendre.

M. Haviland, qui avait le sang à fleur de peau,
mangeait beaucoup, devenait très rouge, restait
mélancolique et ne disait rien. M. Fellaire de
Sisac, ayant annoncé qu'il ne parlerait pas
d'affaires, se mit presque aussitôt à exposer
ses principales opérations. Il était agent
d'affaires et avait une clientèle de propriétaires
et de commerçants expropriés. Les grandes
percées de rues et de boulevards, si lestement
poussées par M. Haussmann, lui donnaient de
la besogne.

Il fallait en effet qu'il eût gagné beaucoup
d'argent en peu de temps, car (ce qu'il ne disait
pas) on l'avait vu longtemps, un portefeuille

sous le bras, traîner ses bottes éculées dans les environs de la rue Rambuteau. C'est là qu'au fond d'une cour, dans un cabinet obscur, il donnait audience à quelques charcutiers en détresse. Il se fit, dans ce logis malsain, les joues bouffies et blafardes qui ne cessèrent plus désormais de pendre des deux côtés de son visage.

Une plaque de cuivre, vissée à sa porte, indiquait son nom : *Fellaire*, et ces mots : *de Sisac*, entre parenthèses, comme une mention d'origine :

FELLAIRE (DE SISAC)

Sur une nouvelle plaque, au seuil d'un nouveau domicile, les parenthèses furent remplacées par une virgule après le premier nom :

FELLAIRE, DE SISAC

Sur une troisième plaque, posée à la suite d'un troisième déménagement, la virgule ne reparut pas et rien ne la remplaça :

FELLAIRE DE SISAC

Maintenant, il n'y a plus de plaque à la porte de l'agent d'affaires, qui occupe, en ville, un appartement orné de glaces, au premier étage d'une maison de la rue Neuve-des-Petits-Champs, et qui a fait bâtir un chalet à Meudon. M. Fellaire est natif de Sisac, près Saint-Mamet-la-Salvétat, dans le département du Cantal, où son frère est encore aujourd'hui meunier.

Aussitôt qu'il apprit qu'une partie de la Butte-des-Moulins devait tomber pour dégager les abords du Théâtre-Français, M. Fellaire de Sisac lança des cartes, des prospectus, des circulaires et fit des visites aux propriétaires et aux principaux commerçants des immeubles condamnés. Dans ce qu'il nommait « sa tournée », il alla voir à l'hôtel Meurice M. Haviland, qui possédait une grande maison située au pied de la Butte, près du théâtre. Cette maison appartenait à la famille Haviland depuis près de deux siècles.

Le banquier John Haviland y établit ses bureaux en 1789. Il mit des fonds considérables à la disposition du duc d'Orléans, qu'il considérait comme le successeur désigné de Louis XVI, si, comme il le pensait, les Français s'en tenaient à la royauté constitutionnelle.

Mais ni les événements dans leur marche violente, ni le duc naturellement indécis, ne se prêtèrent aux projets de l'audacieux banquier. Celui-ci se retourna du côté de la cour et favorisa la contre-révolution. Il se mit en communication avec la reine par l'intermédiaire de la belle madame Elliot. Après la chute définitive de la royauté, dans la journée du 10 août, il s'enfuit en Angleterre et resta en rapport avec le duc de Brunswick et les princes. Son caissier, David Ewart, âgé de quatre-vingt-un ans, voulut rester à Paris pour sauvegarder les intérêts menacés de la maison. N'ayant pu obtenir une carte de civisme et par cela même considéré comme suspect, il fut arrêté et conduit à la Conciergerie, où il sembla oublié pendant plus de quatre mois. Enfin, traduit, le 1er thermidor 1794, devant le tribunal révolutionnaire et condamné comme conspirateur à la peine capitale, il fut guillotiné le même jour, sur la barrière du Trône, nommée alors barrière Renversée.

La banque Haviland fut sauvée de la ruine par l'énergique fidélité de ce vieillard. Mais la maison de la Butte-des-Moulins cessa d'en être un des comptoirs. On la mit en location.

Elle était bien noircie et souillée quand on la
marqua pour la pioche. Sur la façade, les
fenêtres étaient surmontées de la coquille de
Louis XV. Un mascaron, coiffé d'un casque,
faisait encore sa grimace héroïque sur la clef de
voûte et dominait la porte cochère ; mais, situé
sur les confins des enseignes murales du teinturier et du serrurier, il était peint d'un côté en
bleu et de l'autre en jaune. Des petits tableaux,
pendus à droite et à gauche de la porte et sous
la voûte, offraient des noms de copistes et de
costumiers. A l'intérieur, l'escalier de pierre,
bordé d'une magnifique grille de fer forgé, était
déshonoré de poussière, de crachats et de
feuilles de salade. On y sentait une odeur alca-
line très aigre. Des cris d'enfants s'entendaient
sur les paliers, et les portes entre-bâillées des
logements laissaient apercevoir des femmes en
camisole et des hommes en manches de chemise,
dans le négligé du travail ou de la flânerie.

Telle était la maison Haviland à ses derniers
jours.

M. Fellaire de Sisac, chargé des intérêts du
propriétaire, l'avait visitée. Il avait constaté
trente mètres de façade, deux boutiques
avec dépendances et trente-deux exploitations

diverses avec matériel, y compris la remise, où
une marchande des quatre-saisons remisait sa
voiture, et la mansarde, où une ouvrière cousait
à la mécanique. Le tout fut mentionné dans
un rapport destiné à édifier sur la valeur de
l'immeuble le conseil nommé par l'administration de la Ville à l'effet d'indemniser les
propriétaires expropriés. Dans le cas probable
où l'affaire serait portée devant le tribunal
compétent, M. Fellaire, de Sisac fournirait
l'avoué et l'avocat.

M. Fellaire de Sisac invita M. Haviland à
dîner d'abord à Paris, puis à Meudon. Il faisait
passer toute sa clientèle à sa table, agissant
de la sorte par politique et par inclination.
C'est devant les verres qu'il savait manier les
hommes ; il était persuasif au dessert. D'ailleurs,
il aimait à déboucher des bouteilles ; il appelait
cela : vivre. Dans les époques les moins
prospères de sa vie, il sablait le vin blanc du
marchand de vin, avec des marrons rôtis, sur
la toile cirée, dans un cabinet de société. C'est
là qu'il donnait des consultations aux bou-
tiquiers embarrassés. Maintenant, il recevait
chez lui ; il avait de l'argenterie et du linge à
son chiffre.

Or M. Fellaire de Sisac et M. Haviland en
étaient au café. Les feux rouges et bas du soleil
couchant doraient la salle à manger du chalet.
L'homme d'affaires, dont les joues mortes con-
tinuaient de pendre lourdement, faisait courir
sur son hôte des yeux agiles.

— Goûtez-moi ce cognac, cher insulaire,
dit-il.

Ce nom d'insulaire lui semblait élégant. Il
dit ensuite « Albion » pour dire l'Angleterre ;
mais il s'excusa d'être aussi romantique.

M. Haviland but le cognac, demanda un
verre de vin et dit :

— J'espère que l'indisposition de mademoiselle Fellaire est sans gravité.

M. Fellaire l'espérait aussi, et M. Haviland
rentra dans le silence.

Il se leva avec une raideur anglaise compliquée d'arthritisme, car il avait les genoux
perclus de douleurs rhumatismales. Son par-
dessus jaune sur les bras, il avait déjà franchi
la grille du jardin quand il reprit la parole.

— J'ai l'honneur, dit-il à son hôte, de vous
demander la main de mademoiselle Fellaire,
votre fille.

Le petit homme allait probablement faire

une réponse habile, mais pétulante. L'Anglais
lui mit un papier dans la main.

— Vous trouverez là, dit-il, le relevé exact
de ma fortune. Envoyez-moi la réponse par
lettre chargée, s'il vous plaît. Ne me recon-
duisez pas. Non!

Et il prit d'un pas raide le chemin de la
gare.

M. Fellaire, que rien ne surprenait d'ordinaire, était surpris. Il fit douze fois, avec agilité, le tour de la grotte artificielle. La lune
éclairait ses grosses joues inertes qu'il semblait, en se démenant, porter comme un
masque. Il songeait : — Quoi? cet homme
passe chez moi comme tant d'autres, comme
tout le monde. — Je traite deux cents inconnus
par an. — Il ne dit rien; il voit ma fille six
fois et n'ouvre la bouche que pour me la
demander en mariage. Ah çà! mais... est-ce
qu'Hélène aurait mené si lestement cette say-
nète à deux personnages? Mais non! je ne suis
pas un père de comédie, un Cassandre. Je sais
ce qui se passe chez moi et je suis sûr que la
pauvre enfant ne lui a pas adressé quatre fois
la parole. Je crains même qu'elle n'accueille
pas comme elle devrait ce...

Il se mordit le pouce et s'arrêta, l'œil fixe,
comme un homme qui mesure un obstacle. Puis
il rentra délibérément dans le chalet. En passant par la salle à manger, il lut le papier que
M. Haviland lui avait remis, puis il monta
dans la chambre de sa fille. Il posa son cigare
sur la perse rose qui garnissait la cheminée et
s'assit, comme un médecin, au chevet du lit
où Hélène était couchée. Il lui demanda :

— Eh bien, comment allons-nous, ma
mignonne?

Comme elle ne répondait pas, il ajouta :

— Monsieur Haviland a demandé ce soir de
tes nouvelles d'une façon vraiment bien affectueuse...

Après une pause, de la voix grasse d'un
homme qui a bien dîné :

— Comment le trouves-tu?

Il n'obtint pas de réponse encore. Mais à la
lueur de la bougie qui brûlait sur la cheminée,
il vit qu'elle avait les yeux ouverts et fixes, le
front contracté, un air de pénible réflexion. Il
jugea très justement qu'elle connaissait les
intentions de M. Haviland, et il ne craignit
plus de frapper un coup brusque. Il lui dit :

—Monsieur Haviland te demande en mariage.

Elle répondit :

— Je ne veux pas me marier; je me trouve bien avec toi.

Alors il se ramassa dans la causeuse, ajusta ses poings sur ses genoux et tira un souffle sifflant de sa gorge ulcérée de liqueurs et tapissée de sucreries. Il prenait son attitude d'homme d'affaires.

— Fillette, tu ne me demandes pas ce que je lui ai répondu?

— Eh bien, que lui as-tu répondu?

— Mon enfant, je n'ai rien dit qui pût t'engager en aucune façon. J'ai voulu te laisser libre. Je ne me reconnais pas le droit de t'imposer ma volonté. Tu sais bien que je ne suis pas un tyran.

Elle s'accouda sur l'oreiller.

— Non, dit-elle, tu es un excellent père; et, puisque je ne veux pas me marier, tu ne m'y forceras pas.

Il reprit avec bonhomie :

— Je te le répète, ma fille, tu seras libre comme l'air; mais nous pouvons bien causer de nos petites affaires. Je suis ton père; je t'aime. Je puis te dire des choses que tu es assez grande fille pour entendre. Voyons!

causons comme une paire d'amis. Nous vivons
bien, tous les deux, nous vivons même très
bien. Mais nous n'avons pas ce qu'on appelle
une fortune assise. Je suis le fils de mes œuvres;
je suis arrivé trop tard, trop tard! Il coulera
de l'eau sous le pont avant que je t'aie amassée
une dot. Et d'ici là, qui sait ce qui arrivera?
Tu as vingt-deux ans, et le parti qui s'offre
à toi aujourd'hui n'est pas à dédaigner.
C'est même ce que j'oserais appeler une
trouvaille. Haviland n'est pas, à proprement
parler, un jeune homme. Tu vois, fillette, que
je suis juste. Mais c'est un gentleman, un
vrai gentleman. Il est très riche.

Ayant la bouche pleine de ce dernier mot, il
frappait la poche de son habit, dans laquelle
était le papier que l'Anglais lui avait remis. Il
poursuivit en s'échauffant :

— Ce diable d'Haviland est à la tête d'une
fortune magnifique. Des immeubles, des bois,
des fermes, des valeurs en portefeuille! tout!
C'est superbe!

Elle fit une grimace de dégoût et haussa
les épaules. Il sentit qu'il était brutal. Il
reprit :

— Ne crois pas, fillette, que je veuille te voir

faire ce qu'on appelle un mariage d'argent. Non;
je t'aime et je veux ton bonheur!

Il aimait véritablement sa fille, et son amour
paternel lui mit de l'attendrissement dans la
voix. Il reprit :

— Dieu m'est témoin que je ne veux que ton
bonheur. Je sais ce que c'est que le sentiment,
et, quand j'ai épousé ta mère, je n'ai pas
regardé au magot. Veux-tu que je te dise? Moi,
je suis un rêveur, un sentimental. Oh! je suis
romantique au fond. Sais-tu ce que j'aurais
fait si les circonstances l'avaient permis? J'aurais fait de la poésie à la campagne. Mais, que
veux-tu? j'ai été pris corps et âme par les
affaires. Maintenant je suis dans l'engrenage
jusqu'au cou! Ah! dame! la vie n'est pas tout
roses, et il faut savoir faire des sacrifices. Eh
bien, ma fillette, mon rêve est de te les épar-
gner, à toi, les sacrifices. Je veux t'éviter les
gênes, les misères de l'existence. C'est assez
que ta pauvre mère les ait éprouvées et soit
morte à la tâche... morte à la tâche, tu m'en-
tends!

Il passa le revers de sa main sur ses yeux. Il
était vraiment ému. Dans le fait, sa femme
était morte phtisique dans sa famille, à Niort,

où il l'avait renvoyée pour se tirer plus lestement d'affaire, seul; mais il se grisait et s'attendrissait à toutes les paroles qui lui venaient. Il
prit entre ses mains la tête de sa fille, la couvrit de baisers et, dans un grand élan :

— Écoute-moi, dit-il; je te connais bien, ma
Lili; il te faut du bien-être, du luxe. C'est ma
faute. J'ai été trop ambitieux. Je n'ai rien
trouvé de trop grand ni de trop beau pour toi.
Je t'ai élevée pour la fortune. Tu n'as appris ni
à te servir ni à compter. Si tu ne devins pas
riche, tu seras la plus malheureuse des femmes,
et c'est moi qui aurai fait ton malheur. Quelle
responsabilité pour ton pauvre père! J'en
mourrais! Mais elle est venue, la fortune; elle
est là qui frappe à ta porte. Hein? petite, nous
lui dirons d'entrer. Vois-tu bien? je t'aime, je
t'adore, ma fillette. Je sais ce qui te convient :
l'amour ne trompe pas. Laisse-moi faire!

Hélène demanda d'un ton négligent si
M. Haviland avait l'intention de se fixer à
Paris.

— Oui, certes! s'écria M. Fellaire qui n'en
savait absolument rien.

Il ajouta que son futur gendre était élégant
de manières et capable encore de tourner la

tête à bien des jeunes femmes. Et quant à ses
sentiments, ils étaient d'une délicatesse...
M. Follaire ne pouvait concevoir qu'on eût des
sentiments si délicats. Il frappa le dernier
coup : parla d'hôtel, de voitures, de bijoux.

Hélène songeait que René Longuemare était
parti, parti bien loin et pour longtemps, sans
un mot d'amour, sans un mot de regret. S'il
avait dit seulement qu'il reviendrait, qu'il
emportait une pensée, un souvenir. Mais rien !
C'est donc que René ne l'aimait pas. Non, il
n'aimait que ses livres, ses fioles, son scalpel et
ses pinces. Il l'avait distinguée pour sa com-
plaisance à l'écouter : voilà tout ! Il lui disait
mille folies à elle comme à une autre, comme
à toute autre. Pourtant, s'il l'aimait en secret,
comme elle avait cru plusieurs fois le sentir?
Eh bien, elle se vengerait de sa désertion. Puis
son père disait vrai : elle était élevée pour la
richesse; elle avait la vocation du luxe. D'ailleurs, comment résister? Quelle fatigue de se
débattre! Le premier assaut l'avait accablée
déjà ! Son père reviendrait à la charge.

Hélène était de ces âmes qui acceptent
d'avance la défaite. Enfin, l'amour de l'étranger
la flattait. Elle savait, à des indices certains,

combien cet amour était profond et vrai; cet homme qui touchait au déclin, qui avait parcouru vingt-cinq ans la terre entière sans se désennuyer; qui, de glace pour tout le monde, s'éprenait d'elle comme un jeune homme et qui, après trois mois de visites presque silencieuses, lui offrait son nom et sa fortune, cet homme-là n'était-il pas étrange, chevaleresque, généreux, et ne pouvait-on pas l'aimer?

Elle souleva sa belle tête d'expression indécise et murmura :

— Nous verrons.

II

Il est bien vrai qu'Hélène Fellaire avait été élevée pour être riche. Elle se rappelait de son enfance les bas troués, le froid aux pieds, les assiettes de charcuterie qu'elle abominait, les stations sous les portes cochères pendant les déménagements, et le visage allongé de sa mère dans les soirées d'hiver. Elle se rappelait sa mère chantant ou grondant, agitée ou brisée, tourmentée, tourmentante. Une fois, elles étaient toutes deux en voyage. Où cela? Quand cela? Hélène ne le savait plus. Ce qu'elle savait, c'est qu'elle était petite alors. C'était la nuit; sa mère, l'ayant tournée contre la ruelle, lui avait dit impérieusement : Dors. Puis la pauvre dame

avait ôté sa chemise et l'avait lavée dans la
cuvette. Hélène s'amusait beaucoup de sa
maman entortillée d'un châle sur la peau et
savonnant. Mais plus tard, quand elle découvrit
que sa mère avait fait cela parce qu'elle était
pauvre, elle fut saisie d'effroi.

Elle était, dès sa petite enfance, une affectueuse et délicate créature. Elle s'attendrissait
sur toutes les souffrances qu'elle pouvait com-
prendre. Elle donnait aux petits pauvres des
bonbons et des chiffons de poupée. Elle eut en
cage un moineau qu'elle bourrait de sucre et
qui périt écrasé contre une porte. Ce moineau
lui procura des trésors de joie et de douleur.
« Praxô éleva un tombeau à sa cigale par qui
elle connut qu'on meurt. » Ainsi le poète de
l'*Anthologie* fait parler l'enfant ionienne. Hélène
ressentit, à la mort de son moineau, une sorte
d'effarement qui lui resta pendant toute une
saison.

Sa mère, fanée par la misère et sans cesse
agitée par la jalousie que lui donnait un mari
beau parleur, noctambule et avide d'argent de
poche, n'avait pas cette quiétude, cette paix du
cœur, cette présence assidue d'un esprit vigilant
qu'il faut aux mères pour développer avec

adresse et bonheur les petites âmes obscures
qu'elles ont mises au monde. Hélène, embrassée
ou fessée sans savoir pourquoi, renonçait à
distinguer ses bonnes actions de ses mauvaises
et s'engourdissait.

— Cette enfant me fera mourir! s'écriait tout
à coup madame Fellaire. Je ne sais pas ce que
j'ai fait à Dieu pour qu'il m'ait donné un
monstre pareil!

Puis c'étaient des vociférations, des sanglots,
des poings crispés, des portes claquant avec
fracas les chambranles. La pauvre petite, hale-
tante et le cœur gros, se coulait sans bruit dans
sa couchette et s'endormait avec des larmes
sur les joues. Le lendemain matin, elle se
réveillait sous une musique de baisers, de douces
paroles, de jolies cantilènes que lui versait sa
maman, tout éclaircie depuis la veille par
quelques tardives attentions de M. Fellaire.

Quant à son papa, Hélène le trouvait très
beau, très bon, très grand. Ses épais favoris et
ses gilets blancs lui semblaient miraculeux.
M. Fellaire était un dieu pour sa fille; mais,
à la manière des dieux, il se montrait rare-
ment. Absent tout le jour, il rentrait tard.
Il est vrai qu'après certains mécomptes éprouvés

au dehors, il avait des poussées d'assiduité
domestique. Il promenait sa Lili au jardin des
Plantes, la menait en voiture, la conduisait
dans les cafés, où on lui servait de l'eau sucrée
et même des sirops. De plus elle trempait le
bout de sa langue dans le verre de son papa et
faisait une grimace au goût amer de la boisson
verte. C'était délicieux, mais c'était rare. Et
le dieu s'évanouissait. Madame Fellaire n'en
devenait ni moins maussade, ni moins irri-
table, certes. Hélène, près d'elle, dans sa petite
chaise, songeait à son papa avec de grands élan-
cements d'amour, et le fantôme du merveilleux gilet blanc apparaissait à ses yeux éblouis;
mais elle était paresseuse et se plaisait à ne
rien faire. C'était d'ailleurs ce qui lui réussis-
sait le mieux. Madame Fellaire ne prenait pas
garde aux flâneries silencieuses de sa fille, et
il suffisait, au contraire, d'une traînée de rire
enfantin pour la faire éclater en reproches.

Hélène était d'un sensualisme précoce. Elle
aimait d'instinct le luxe et raffinait comme elle
pouvait sur l'ordinaire de la maison. Son pen-
chant pour les délicatesses de la table et du
vêtement faisait la joie de M. Fellaire, qui
était un connaisseur.

Elle avait sept ans quand il la mit en pension
à Auteuil, chez les Dames du Calvaire. Les robes
blanches, le visage blanc des Mères, la paix de
la maison, la sécurité d'une vie régulière, lui
firent du bien.

Un jour, on lui dit que sa maman, qui était
partie en voyage, ne reviendrait pius, plus
jamais. Ce « plus jamais » lui fit une grande
peur; elle étouffa de sanglots. On lui mit un
sarrau noir et on la lâcha dans le jardin. Ce
jardin était pour elle une contrée mystérieuse,
immense, pleine de choses vivantes, un monde
enchanté, une terre de miracles. Son père
venait la voir toutes les semaines et lui apportait des gâteaux. Il était admirable d'amour et
d'orgueil paternels.

Lassé de tous les trottoirs battus pour rien,
de tous les escaliers montés avec angoisse, de
toutes les portes fermées au nez, de tous les
courriers écrits sur le coin d'une table de café,
crotté de toutes les boues, ayant parfois
relancé le client jusque devant le saladier de vin
chaud des bals de faubourg, chien errant de la
chicane interlope, il apparaissait tous les jeudis,
brossé, lustré, ganté, rasé de frais, avec du
linge blanc, dans le parloir des Dames du

Calvaire. Alors il avait l'air heureux, la mine
reposée. Ses grosses joues blanches étaient
tout à fait convenables. La Mère Sainte-Geneviève, directrice de la maison d'Auteuil, lui
témoignait beaucoup de considération. Deux
des plus grandes pensionnaires rêvaient de lui
au dortoir.

Hélène admirait beaucoup son papa.

Et vraiment M. Fellaire était héroïque à sa
façon. Un jour qu'il était dénué de toute
monnaie, il emprunta à un de ses confrères les
poésies d'Alfred de Musset, qu'il vit sur la
table. « Je veux les relire une centième fois »,
dit-il. Et il alla les vendre sur les quais pour
acheter des gants qu'il boutonna négligemment le lendemain devant la sœur tourière. Les
gâteaux qu'il apportait à chaque visite pour
Hélène et ses amies venaient de quelque
pâtissier marquant, et les bonbons étaient
dans des boîtes de haut goût, à emblèmes et à
surprises. La Mère Sainte-Geneviève, l'ayant
pris en grande estime, le consulta un jour sur
quelque affaire litigieuse. Il offrit son temps,
son activité, ses lumières. On daigna les prendre. Il rayonnait de joie et d'orgueil. Dans
son désir de plaire, il mit à ses mémoires des

faveurs bleues et il traitait avec onction les
matières contentieuses. Quand il feuilletait des
dossiers devant la Révérende Mère, il se mouil-
lait le pouce du bout de la langue avec beaucoup de discrétion et une sorte de pudeur.
Chaque consultation, il est vrai, le mettait au
supplice; mais c'était une torture délicieuse.
Il subissait, pendant des heures entières,
les explications de cette dame bornée, défiante,
entêtée et douce, qui se dérobait ensuite à toute
démonstration avec l'aisance d'une longue
habitude. Cette belle femme blanche, un peu
bouffie, qui, les yeux baissés et les mains dans
les manches, ne parlait qu'à voix basse,
l'intimidait extrêmement. Qu'il se sentait
mieux à l'aise avec ses clients ordinaires,
les cabaretiers suburbains et les fabricants
brevetés de ceintures hygiéniques qui venaient
jeter sur son bureau à cylindre, avec d'effroya-
bles jurons, une botte de jugements et d'assignations.

La Mère Sainte-Geneviève avait les grandes
manières d'une abbesse de l'ancien régime. Une
de ses élégances était de ne jamais soupçonner
M. Fellaire d'avoir besoin d'argent. Il avançait
constamment à la communauté des sommes

dont la moindre lui coûtait des combinaisons à faire éclater une cervelle ordinaire.

Mais aussi quelle volupté pour lui d'entendre, le dimanche, les vêpres dans une tribune de la chapelle parfumée d'encens et d'iris, et de découvrir dans la nef sa fille penchée sur son livre d'église, entre la nièce d'un conseiller d'État et la cousine d'un prince monténégrin ! Après avoir contemplé la belle chevelure de son enfant et les épaules un peu pointues, mais fines, dans le corsage de mérinos brun, les verres de ses lunettes se brouillaient et il se mouchait comme au théâtre après les situations émouvantes.

Les affaires de la communauté lui coûtèrent quelque argent, mais lui procurèrent des relations avantageuses.

— J'ai la vogue, pensait-il, et ses gilets, tant de piqué blanc que de velours imprimé, moucheté, frappé, se bombaient sur sa poitrine avec une ampleur nouvelle.

Hélène grandissait, devenait belle. Ses cheveux, longtemps trop pâles et fades, comme ceux de sa mère, se doraient magnifiquement. Elle était douce, paresseuse, dégoûtée, avec de grands élans d'affection et des attendris-

3

sements rapides. On avait bien du mal, au réfectoire, à lui faire manger autre chose que de la salade et du pain avec du sel. Elle s'était fait une amie chez qui elle allait les jours de sortie, Cécile. Cette amie, fille d'un agent de change, était une petite personne de seize ans, à la fois puérile et vieillotte, coquette, pas très méchante ni malfaisante, nullement dépravée, faute d'imagination, et très riche. Elle avait l'esprit d'une femme de trente ans tout à fait nulle, ce qui lui donnait parmi ses compagnes le prestige d'une nature extraordinaire. Elle mena Hélène chez son père, à Passy, dans la chambre capitonnée où elle croquait des bonbons. Hélène s'alanguissait dans ce nid d'étoffes ; quelque chose de son âme s'y étiolait. Quand elle en sortait, tout lui semblait terne, dur, rebutant. Elle n'avait plus de courage. Elle rêvait d'avoir une chambre bleue et d'y lire des romans, couchée dans une chaise longue. Il lui vint des maux d'estomac qui achevèrent de l'abattre. Une nuit, il y eut une folle alerte dans le couvent. On cria : Au feu ! Toutes les pensionnaires sautèrent du lit et roulèrent ensemble dans les escaliers, les unes en jupon, les autres enveloppées de couvertures. Les petites suivaient en hurlant, les bras tendus et les pieds embarrassés dans leurs longues chemises de nuit. On reconnut bientôt qu'il n'y avait pas d'incendie. La Mère Sainte-Geneviève gronda toutes ces folles et félicita Hélène de n'avoir pas quitté son lit. Elle n'avait pas bougé, en effet, par mollesse, par cette sorte de lâcheté qu'elle avait devant la vie. Elle laissait faire, indifférente à ce qui l'entourait, rêvant de bijoux, de robes, de chevaux, de promenades en bateau, et fondant en larmes à la seule pensée de son père.

Elle sortit du couvent sachant saluer dans un salon et jouer une valse sur le piano. Elle trouva la maison paternelle montée à neuf. Elle en fit les honneurs. Elle eut sa chambre bleue. Son père avait pour elle des bontés, des prodigalités de vieux protecteur. Il la menait dans les petits théâtres et la faisait souper après le spectacle. Il croyait bien faire. Une cruelle déception pour elle fut de découvrir que ce père si bon, si facile, n'était pas le gentilhomme qu'elle voyait autrefois dans le parloir du couvent. Ses manières d'opérateur forain, ses politesses de table d'hôte la blessaient cruellement. Elle avait appris la bienséance chez les Dames du Calvaire; elle

avait le goût noble et le tact de ce qui est
décent.

Sa beauté lui attirait des hommages d'une
vivacité brutale qui l'indignaient. Personne ne
songeait à la demander en mariage. Elle fut
reprise de maux d'estomac. Tous les hommes
qu'elle voyait chez son père lui semblaient
ennuyeux. Ils se ressemblaient tous. Empressés,
inquiets, sentant la fièvre et se rongeant les
ongles, c'était des gens surchauffés, qui brûlaient
leurs bottes, leurs chevaux, leur vie. Enfin il en
vint un qui l'intéressa.

C'était un jeune chirurgien militaire, René
Longuemare. Envoyé par son père, vieil agent-
voyer des Ardennes, chez M. Fellaire de Sisac,
pour quelque affaire, il s'habitua à la maison
de la rue Neuve-des-Petits-Champs et y devint
assidu.

Bien qu'avec sa robuste charpente et sa face
colorée il ne fût pas beau, et quoique sa conversation eût des rudesses et des obscurités, Hélène
aimait à le voir et se plaisait à l'entendre causer.
Il lui tenait, sur la religion et sur la morale,
des propos à faire dresser les cheveux sur la
tête, mais qui l'amusaient, sans qu'elle y
comprît grand'chose.

— L'homme descend du singe, lui disait-il.

Et, comme elle se récriait, il donnait à sa thèse des développements tour à tour ardus et comiques.

Longuemare amena quelques amis, et un cercle de jeunes savants fut ainsi formé chez ce bon, M. Fellaire, qui n'y fit jamais aucune attention.

L'aide-major avançait des propositions telles que celles-ci : La vertu est un produit comme le phosphore et le vitriol.

L'héroïsme et la sainteté sont l'effet d'une congestion du cerveau.

La paralysie générale fait seule les grands hommes.

Les dieux sont des adjectifs.

Les choses ont toujours existé et existeront toujours.

— Fi donc! lui disait-elle.

Mais elle se délectait au timbre de cette voix mâle et jeune; elle admirait, comme une force mystérieuse, cette intelligence expansive et libre, qui le soir, entre une tasse de thé et un verre de kirsch, lui jetait à elle, jeune fille, les curiosités, les magnificences et les horreurs de la nature, pêle-mêle, ainsi qu'un tribut de

barbare aux pieds d'une reine surprise et
flattée. Cependant on entendait dans le salon
des voix mornes qui parlaient de traites
impayées, de jugements du tribunal de commerce et de travaux de maçonnerie mis en
adjudication.

Puis vint une ombre qui erra silencieuse
entre les groupes divers, une grande ombre
raide et rousse, de forme à la fois grotesque et
noble. C'était l'âme en peine de M. Haviland.
Hélène ne confondait pas celui-là avec les
autres; elle lui trouvait de la noblesse, une
grande distinction d'âme, et elle se savait aimée
de lui, bien qu'il ne lui parlât jamais.

Quant à Longuemare, en dépit de toutes ses
audaces scientifiques, il était naïf; il la respectait
profondément et l'admirait en silence. Après
avoir fait grand étalage de brutalité, il trouvait
pour elle les paroles les plus délicates. Il était
toujours gai devant elle : c'était souvent par
complexion; c'était quelquefois aussi par courage, car il l'aimait, et plutôt que de le lui dire,
il se fût coupé la langue avec les dents. Il
n'avait que sa solde en attendant mieux. Quant
à mademoiselle Fellaire, il ne doutait pas
qu'elle ne fût très riche.

Elle le raillait, feignait de le croire très
étourdi et pis que cela, mais elle s'attacha
lentement et profondément à lui, jusqu'au
jour où il vint à Meudon lui faire un brusque
adieu.

III

La maison de la Butte-des-Moulins était
tombée; le mascaron dont une joue était bleue
et l'autre jaune s'était émietté sous la pioche.
Elle s'était évanouie avec le reste, la petite
chambre où le vieux caissier David Ewart fut
arrêté pour être conduit au tribunal révolutionnaire et à la guillotine. Pendant quelque temps
les nuages de poussière grise qui tournoyaient
dans les rues d'alentour portèrent dans les
gosiers des hommes et des chevaux les parcelles
fort âcres de la vieille demeure. Maintenant
ceux qui l'avaient habitée, le teinturier et le
serrurier entre autres, n'auraient pu en retrouver
l'emplacement exact.

Le domaine de M. Fellaire de Sisac, à
Meudon, s'était considérablement accru. La
grille, qui serrait jadis le chalet d'assez près,
s'était élargie pour contenir le terrain voisin,
sur lequel s'éleva aussitôt un petit château
gothique avec tourelles, créneaux et mâchi-
coulis en briques. Le tout avait un nom : c'était
la *Villa de Sisac*. Le plâtre en était frais encore
quand un jour un écriteau pendu à la grille
annonça que la maison, le chalet et les dépendances étaient à vendre ou à louer présente-
ment.

Les saisons se succédaient et l'écriteau se
balançait au vent. La pluie et le soleil l'avaient
ridé et jauni.

Enfin, par des jours d'automne, un silence
de désolation s'abattit sur le coteau de Meudon.
Puis, à pas lourds, le fusil à l'épaule, le casque
de cuir sur la tête, des soldats allemands entrèrent dans le chalet abandonné et s'y logèrent.
Ils firent du feu dans le calorifère avec les
planches cirées des parquets. Le toit fut crevé
par un obus. Le grand hiver était venu. La
France était envahie, Paris assiégé. Dans ce
grand écroulement d'un peuple, la fortune de
M. Fellaire achevait de s'abîmer.

L'arrêt des travaux d'édilité après la retraite
du préfet de la Seine, sous le ministère Che-
vandier de Valdrôme, avait déjà porté un
rude coup au cabinet d'affaires de la rue Neuve-
des-Petits-Champs. M. Fellaire, que la chance
abandonnait, s'abandonnait aussi. Il cessait de
teindre ses favoris, mettait des redingotes pou-
dreuses et portait des lunettes en écaille. Il
allait risquer dans les tripots les louis d'aubaine
qui lui tombaient encore. Depuis que sa fille ne
tenait plus sa maison, il y recevait des filles
rousses, peintes, qui chantaient dans les escaliers. On le rencontra un jour aux Folies-Ber-
gère avec une femme à chaque bras. Pendant
le siège de Paris, il redevint grave et fonda
une société d'assurances sur la vie : le *Phénix
de la garde nationale.* Mais personne n'y fit
attention.

Hélène était mariée ; elle voyagea pendant
quatre ans ; cette vie aisée et sans soins lui
plaisait. Grande, belle, vêtue avec une magni-
ficence sévère, elle était admirée dans les
hôtels et dans les casinos, où sa nonchalance
lui donnait un air d'aristocratie. Elle s'efforça
d'aimer son mari. Mais avec une pleine probité

et un haut sentiment de l'honneur, il était
affreusement ennuyeux. Il voyait, entendait,
disait et accomplissait tout avec une égale gravité. Il n'y avait pour lui ni grandes ni petites
choses; il n'y avait que des choses dignes
d'être prises en considération. Après avoir
donné des diamants à sa femme, il la torturait
naïvement pendant deux heures pour un
compte de trois francs qu'elle ne savait pas
rendre. Il faisait des largesses d'une façon
étroite; la prodigalité avait chez lui un air
d'avarice. Il intervenait dans tous les gaspil-
lages de sa jeune femme, non pour les réduire,
mais pour les enregistrer. Il lui permettait
d'être dissipatrice, mais à la condition qu'elle
accomplît toutes les formalités. Un tiers de
sa vie se passait à compter les centimes avec
les garçons d'hôtel. Il mettait une obstination
invincible à ne pas se laisser voler d'un sou :
il s'y fût volontiers ruiné.

D'ailleurs, il calculait tout : les distances à
un mètre près, les longitudes, les latitudes, les
altitudes, la hauteur barométrique, les degrés
du thermomètre, la direction du vent, la position des nuages. A Naples, il cuba le tertre de
Virgile.

Il avait la manie de ranger et ne pouvait
souffrir qu'un journal restât ouvert sur un
canapé. Il exaspérait Hélène en lui remettant
vingt fois par jour dans les mains le livre ou
la broderie qu'elle avait laissé traîner. Elle se
rappelait alors son père, qui oubliait ses cigares
sur les bras des fauteuils de damas. Mais cela
n'était rien. La grande souffrance d'Hélène
était de vivre avec un homme totalement
dépourvu d'imagination. Cette faculté était si
étrangère à M. Haviland qu'il était incapable de
peindre un sentiment ou de donner de l'intérêt
à une pensée. Depuis qu'ils étaient mariés, il
n'avait jamais ouvert la bouche que pour
énoncer un fait précis, direct, immédiat. Sans
doute il était amoureux et goûtait profondément la possession de sa femme; mais son
amour était comme une pluie fine, une de ces
pluies qu'on n'entend pas, qu'on ne voit pas,
qui ne veulent pas cesser, et qui pénètrent, et
qui morfondent.

M. Haviland était servi par un domestique
qui avait fait deux fois avec lui le tour du
monde. Ils étaient inséparables. Ce domestique,
nommé Groult, était un Français que M. Haviland avait connu assez jeune à Avranches.

Groult n'était pas beau; il avait les cheveux
roux, roides et flambants, et des yeux verts
très inquiets; il boitait. Mais il était d'une
propreté exemplaire et remplissait ses fonctions
avec une parfaite exactitude. Il était marié; sa
femme, comme lui au service de M. Haviland,
restait à Paris et gardait l'hôtel nouvellement
bâti sur le boulevard Latour-Maubourg.

M. Haviland s'occupait de chimie et Groult
lui servait d'appariteur. M. Haviland se médi-
camentait quotidiennement et Groult lui tenait
sa pharmacie de voyage. Ce Groult était d'une
intelligence remarquable. Il manipulait les
drogues avec habileté, était adroit dans toutes
sortes de métiers et se montrait bon serrurier
à l'occasion. Il avait d'horribles mains osseuses
avec des pouces énormes, et ces mains-là
venaient à bout des ouvrages les plus délicats;
mais bien qu'il fût doué d'une aptitude très
singulière pour les arts mécaniques, il n'était
pas parvenu à écrire d'une façon tant soit peu
lisible. Il s'était fait un alphabet dans lequel
il était seul à se reconnaître, et il n'y avait pas
moyen de distinguer une lettre ou un chiffre
dans les chiffons de papier sur lesquels il
griffonnait ses comptes. Son grimoire, ses

affreuses pattes, son déhanchement, l'odeur de
pharmacie dont il était imprégné, les taches
que les oxydes laissaient sur sa peau, le rendaient effroyable aux femmes de chambre et
aux cuisinières, qui le nommaient Clochon,
avaient peur de lui comme du diable, le
jugeaient capable de tout et finalement ne trou-
vaient rien à lui reprocher. Groult était impec-
cable.

Hélène, à qui il inspirait une répugnance
instinctive, essaya de l'écarter; mais elle
reconnut bientôt qu'il était indispensable et se
résigna à le voir clochant sans cesse entre elle
et son mari. Il ne parut pas lui garder rancune
et ne se départit pas un seul moment envers
elle de ses façons de parfait domestique.

La malveillance de madame ne l'avait pas
effrayé outre mesure. Il possédait la confiance
de son maître et savait que monsieur ne se
séparerait pas facilement de lui. Il y avait un
lien entre M. Haviland et son domestique
Groult. Depuis vingt ans ils cherchaient
ensemble Samuel Ewart.

M. Haviland était encore un enfant quand
il entendit conter pour la première fois la

mort du vieux caissier David, guillotiné en
1794. Cette sublime obstination d'un brave
homme, qui attendit le supplice en tenant les
livres que ses patrons lui avaient confiés, parut
très louable à l'héritier des Haviland, dont l'esprit honnête et positif était fait pour com-
prendre un dévouement pratique. Il ne témoigna
rien de ce qu'il sentait, mais plus tard, devenu
maître de ses actions et de sa fortune, il fit des
recherches pour savoir s'il ne restait pas quelque
descendant du vieux comptable. Il apprit que
Andrew Ewart, arrière-petit-fils en ligne directe
de David, était négociant à Calcutta. Andrew
s'était en effet marié à une Indienne et associé
à un brahmane pour fonder une maison de commerce sous la raison sociale : *Andrew Ewart,
Liçaliçali et C°*. M. Haviland, suivi de Groult, prit
le paquebot pour aller trouver Andrew à Calcutta et lui dire : « Votre aïeul est mort au service du mien en parfait gentleman. Permettez-
moi de vous serrer la main. Ne puis-je avoir l'a-
vantage de vous servir en quelque chose? »

Mais quand il arriva à Calcutta, en 1849,
il apprit que l'association *Andrew Ewart,
Liçaliçali et C°* était dissoute par suite du
décès de M. Andrew, mort en juin 1848, du

choléra, laissant une veuve et un fils âgé de
quatre ans, nommé Samuel. Mrs. Andrew,
restée sans fortune, avait quitté la ville avec
son petit enfant. M. Haviland ne put retrouver
sa trace. Ayant appris que Liçaliçali s'était fixé
à l'île Bourbon, il y alla, et trouva le brahmane
donnant des leçons d'anglais aux enfants du
gouverneur de la colonie. M. Liçaliçali apprit
à M. Haviland que la veuve d'Andrew Ewart
s'était retirée avec son enfant chez son frère,
M. Johnson, ancien officier de Sa Majesté.

M. Haviland n'en put découvrir davantage;
maintenant Samuel Ewart avait vingt-sept ans;
chaque semaine, une annonce insérée dans le
Times l'invitait à faire connaître sa résidence
à M. Martin Haviland esq., à Paris, et Samuel
Ewart ne donnait pas signe de vie.

M. Haviland conduisait depuis vingt-cinq
ans ses recherches, sans plus d'ardeur, sans
plus de lassitude un jour que l'autre. C'était
sa tâche, il la reprenait chaque matin comme
un menuisier reprend son rabot. Groult tenait
tous les fils de l'affaire et les démêlait adroitement.

Il était particulièrement utile quand il s'agissait d'éconduire un faux Samuel Ewart, car

plusieurs aventuriers s'étaient déjà présentés chez M. Haviland comme fils et héritiers du feu Andrew.

La santé de M. Haviland se troubla pendant l'automne de 1871; il eut des insomnies et des vertiges. Un jour (c'était au commencement de l'hiver, ils s'étaient établis à Nice, dans la villa des Oliviers), Hélène, qui lisait un roman dans le salon, vit entrer son mari et poussa un cri d'effroi :

— Vos yeux! dit-elle. Regardez donc vos yeux, là, dans la glace!

Les yeux bleus de M. Haviland étaient devenus noirs. Il avait la bouche frémissante, l'air égaré et il murmurait :

— Il viendra, Sam, Sam Ewart.

IV

Ils venaient finir l'hiver à Paris. La cour de
l'hôtel était pleine de malles, de caisses, de
paquets, au milieu desquels madame Groult
s'agitait désespérément; elle portait une camisole d'indienne à petites fleurs et toute sa
personne semblait procéder de cette étoffe
flasque. Madame Groult, molle et agitée,
ressemblait à un paquet de chiffons entraîné
par une force invisible. Son visage était perpétuellement noyé dans une sorte de buée; aussi
y portait-elle sans cesse son avant-bras coton-
neux. Très timorée, elle maniait les cartons
sous la direction expresse de la femme de
chambre et se perdait dans les ordres et les

contre-ordres que celle-ci, frisée et les brides de
son bonnet coquettement rejetées en arrière, lui
donnait du bout des lèvres, en faisant des mines
aux palefreniers.

Hélène jeta sur un fauteuil sa pelisse de
voyage, que M. Haviland vint plier proprement.
Impatientée, elle se mit à battre la marche
turque sur la vitre. Le dôme des Invalides
brillait à peine sous un ciel brumeux. Tout
alentour était d'un gris morne. Elle s'en alla,
fort maussade, dans sa chambre.

Grouit annonça M. Fellaire de Sisac.
L'homme d'affaires venait en grande hâte
saluer son gendre et embrasser sa fille. Il était
boutonné jusqu'au cou; son chapeau, tout
sillonné de cassures, ne pouvant plus être traité
au fer, l'avait été à l'eau. Il l'avait littéralement
arrosé pour en lisser le poil rebelle et le faire
reluire une fois encore. Les talons des bottes
de M. Fellaire étaient usés d'une manière si
oblique et tellement déviés, qu'il était forcé
de marcher comme un canard, pour y retrouver
son aplomb.

M. Haviland ne lui tendit pas la main. M. Fellaire se donna beaucoup de mal pour échauffer
son cher insulaire, son très honorable

gendre ». Avec sa voix métallique, on eût dit qu'il battait le briquet sur un gros caillou. Mais M. Haviland n'étincelait pas. L'agent d'affaires se disait qu'après tout ce diable d'homme était naturellement terne, et il s'obstinait à l'électriser. Comme on ne lui demandait pas où en étaient ses affaires, il s'écria :

— A propos ! Je ne vous dissimulerai pas que j'ai traversé des temps difficiles. J'ai subi ce qu'on peut appeler une crise.

Il ne pouvait guère dissimuler ces sortes de difficultés à M. Haviland, qu'il avait poursuivi pendant quatre ans de ses demandes d'argent. Il lui avait demandé, pendant le siège, par ballon, par pigeon voyageur, par insertions dans le *Daily Telegraph*, un bon sur un banquier de Paris. M. Haviland avait satisfait à la première demande, puis il n'avait pas même répondu. M. Fellaire s'était présenté rue de la Victoire, chez M. Ch. Simpson, banquier, et avait usé du nom aimé et respecté de son gendre pour emprunter une somme d'argent, recourant ainsi à un artifice qui parut à M. Haviland d'une intolérable incorrection.

Donc M. Fellaire ne dissimulait pas ses

embarras. Mais il s'était relevé, disait-il; il avait en mains une magnifique affaire.

Ayant touché ce sujet, il ajusta ses poings sur ses cuisses et respira longuement; il prenait son attitude.

— Il s'agit, dit-il, en fixant sur la corniche un regard napoléonien, il s'agit d'une affaire dont le côté essentiellement moralisateur ne vous échappera pas. Il s'agit d'une banque ouvrière fondée sur des bases toutes nouvelles. A une époque où le développement excessif des classes laborieuses devient un embarras pour l'économiste et constitue, si j'ose dire, un danger permanent pour la société tout entière, le besoin se fait sentir d'une institution qui inspire au prolétariat le sentiment de l'épargne. Dégagés désormais des entraves que le précédent gouvernement n'aurait pas manqué de susciter à la fondation d'un établissement de ce genre, il faut agir, et...

A ce moment, M. Fellaire de Sisac vit son lamentable chapeau traîtreusement éclairé par le seul rayon de soleil qu'il y eût dans le salon et peut-être dans tout l'hôtel. Il ajouta d'un ton énergique :

— Et agir vite.

Il demanda ensuite si M. Haviland voulait prendre connaissance des statuts de la Banque ouvrière.

M. Haviland répondit :

— Non!

M. Fellaire de Sisac aurait voulu que M. Haviland se fît une idée générale de la façon dont la banque ouvrière était constituée. Il comptait que son très honorable gendre donnerait des conseils précieux. Enfin, pourquoi ne pas le dire? L'affaire était digne de l'intérêt des plus gros capitalistes et il se faisait scrupule de ne pas appeler M. Haviland à bénéficier des avantages réservés aux premiers actionnaires de la Banque ouvrière.

Il se tut. M. Haviland sonna son domestique, qui vint en boitant.

— Groult, lui dit-il, ôtez ce cigare.

C'était un cigare de deux sous, éteint et mâchonné, que M. Fellaire de Sisac, en entrant, avait posé sur le bord de la console.

Puis M. Haviland regarda M. Fellaire en face et lui dit :

— Je ne vous donnerai pas de conseils, parce que vous ne m'écouteriez pas. Je ne vous donnerai pas d'argent, parce que vous ne me

le rendriez pas. Vous n'êtes pas un gentleman,
non! Je vous prie de ne jamais revenir chez
moi, non! Vous pourrez voir madame Haviland quand il vous plaira, oui!

Et il sortit.

M. Fellaire, étourdi du coup, bouleversé,
se sentant un homme fini, eut le courage
d'embrasser gaiement sa fille et de lui dire des
bagatelles. Elle l'accueillit avec une tendresse
d'enfant. Il y avait dans le caractère de cet
homme quelque chose de facile qui sympa-
thisait avec la nature paresseuse d'Hélène, et
c'était son père enfin. D'un seul coup d'œil
de femme, elle vit la chemise effilée sur les
bords, la redingote blanchie au collet, le chapeau, toutes les misères de la toilette paternelle. Elle soupçonna la vérité. Mais la voyant
soucieuse, il sourit, le pauvre homme! il
allégua des affaires magnifiques qui l'absor-
baient. Il s'accusa de se négliger en vieillis-
sant. Il demanda si elle était heureuse. Il lui
conseilla de bien aimer son mari. Puis, l'ayant
embrassée avec effusion, il redescendit l'escalier
d'une allure si lourde qu'il semblait vieilli
de dix ans, rapetissé, l'œil morne, le menton
pendant, la tête basse sous son éternel chapeau.

Hélène s'aperçut que son mari s'était brouillé avec son père. Bien qu'elle devinât les raisons de cette rupture, elle en sut mauvais gré à son mari. C'est à ce propos que commencèrent les allusions aigres, les querelles sans motif apparent, sans explication possible.

Comme elle était affectueuse par grands élans, elle jeta brusquement toutes ses tendresses perdues sur le neveu de son mari, Georges, adolescent blond et fin, très joli, boudeur et caressant. Georges Haviland, né à Avranches et élevé dans la religion catholique, au milieu de la petite colonie anglaise de cette ville, était orphelin. Son oncle, qui lui fut donné pour tuteur, le plaça comme externe au collège Stanislas. Hélène gâtait Georges avec les meilleures intentions du monde. Elle le peignait elle-même de vingt façons pour voir comment il serait le plus joli.

Elle lui faisait quitter ses devoirs le soir pour l'emmener au concert ou bien au spectacle.

Mais ses journées étaient vides; elle s'ennuyait, elle pleurait. Elle aurait voulu vivre dans un grenier seule avec son père.

Elle s'échappait et courait en secret chez

l'homme d'affaires, qui, pour le moment, était
logé dans la rue de Rome, au quatrième étage
d'une maison neuve dont il essuyait les plâtres.
Ces courses en fiacre l'amusaient beaucoup. Elle
baissait sa voilette et tremblait comme pour un
rendez-vous. Le logement de son père avait
l'aspect d'un logement de garçon ; les pipes
traînaient parmi les papiers sur les tables ; le
divan était bien fané, mais si accueillant et
doux en dépit des ressorts cassés ; Hélène
baisait son père sur ses grosses joues lourdes
et furetait dans les coins. Quand elle découvrait quelque objet de femme, une ombrelle,
une voilette, elle faisait mine de n'en rien voir,
pinçait les lèvres et riait des yeux. Son père restait devant elle muet d'amour et d'admiration.
Quand elle avait remué les papiers, mangé des
gâteaux, bu et ri et bien tiré les favoris de son
papa, elle partait avec un gros soupir. Et lui,
sur le palier, rajustant sa calotte dérangée
par les embrassements, lui disait à l'oreille :

— Aime bien ton mari, aime-le de tout ton
cœur.

Alors elle détestait son mari. Tapie au fond
du fiacre, elle se le figura devant elle, sur le dos
du cocher, avec ses yeux ternes et ses joues

sanguinolentes comme une viande mal cuite.
Et elle faisait une grimace de dégoût. Y avait-
il au fond de son âme, dans la région des
anciennes images, une figure à demi effacée,
mais aimable, mais chère, la figure d'un absent
qui ne revenait pas? Dans les soupirs de cette
femme ennuyée, n'y en avait-il pas qui,
poussés vers quelqu'un, allaient loin, bien loin,
sans arriver jamais?

Un jour qu'ayant laissé tomber sur ses genoux,
comme un poids trop lourd, une broderie commencée depuis longtemps, elle regardait, avec
cette attention obstinée que donne l'ennui, les
imperceptibles irrégularités des glaces de la
fenêtre, qui faisaient onduler les profils d'archi-
tecture vus au travers, sa femme de chambre
lui présenta une carte de la part de quelqu'un
qui était là et qui demandait à la voir. Ayant
vu la carte, elle se leva vite, rajusta les boucles de ses cheveux, les plis de sa jupe et
entra dans le salon, ranimée, embellie, avec
des grâces de cygne dans le col et un coup de
talon souverain dans la traîne de sa robe.

V

René Longuemare se leva devant elle. Il
était plus pâle qu'autrefois. Ses joues mieux
remplies et tous ses traits s'étaient adoucis;
une teinte séreuse les revêtait et ses yeux lui-
saient dans un demi-cercle plombé et martelé,
trace des fièvres qu'il avait prises là-bas, dans
les rizières. Il avait toujours son regard brave,
sa grosse bouche affectueuse, sa mine ouverte.

— Vous voyez, lui dit-elle, que la terre est
petite et qu'on revient de partout. Je ne suis
pas surprise de vous revoir et j'en suis bien
heureuse.

Ils furent mal à l'aise d'abord. Chacun avait
un long espace de vie inconnu à l'autre. Ils

cherchaient à se reconnaître. Soit qu'elle
voulût faire son devoir de maîtresse de maison, soit qu'elle fût tentée par un secret sentiment, elle lança le premier mot cordial.

— On a quelquefois pensé à vous, dit-elle.

Alors René plongea hardiment dans leurs
communs souvenirs. Il parla des tasses de thé
de la rue Neuve-des-Petits-Champs, des promenades à Meudon, des robes roses et blanches
griffées par les ronces, des beaux gilets de
M. Fellaire, auxquels on se ralliait dans les
excursions à travers bois, comme au panache
du Béarnais, et des folies qu'ils se disaient.
Elle lui demanda s'il mettait toujours des
grenouilles dans ses poches. Au bout d'un quart
d'heure, ils croyaient ne s'être jamais quittés.
C'est alors qu'il conta sobrement son voyage
et les fatigues monotones du service dans une
station malsaine. Elle ouvrait tout grands,
en l'écoutant, ses beaux yeux humides. Puis
elle lui demanda ce qu'il comptait faire. Il
était las, disait-il, de la médecine militaire. Il
donnerait sa démission, se ferait médecin de
campagne, rebouteux de village; si quelque
jeune fille, très ingénue, était tentée d'élever
des poulets sous sa protection, il l'épouserait.

Elle dit vivement :

— Ah ! vous voulez vous marier?

Mais elle reconnut à ses réponses qu'il n'y tenait pas; qu'il avait dans le cœur un grand vague, quelque tristesse et peut-être un souvenir.

Georges, revenu du collège, vint se jeter entre eux avec ses livres de classe et se disposa, en enfant gâté, à jouir de la distraction que ce monsieur allait lui procurer. Elle ne le renvoya pas, lui dit de se tenir tranquille et de faire ses devoirs. Le major contait quelque épisode de sa traversée, tandis que l'enfant feuilletait bruyamment son dictionnaire, mâchait son porte-plume et relevait la tête quand il entendait parler d'araignées de mer mangées vivantes par un matelot sur le pont du navire.

La femme de chambre vint dire que monsieur, qui était souffrant, priait madame de venir près de lui.

La chambre de M. Haviland était grande et toute remplie d'objets étranges, rangés dans un ordre précis. Il y avait une vitrine pleine de flacons cachetés et étiquetés. On lisait sur les étiquettes : *Tage, Jourdain, Simoïs,*

Eurotas, Tibre, Ohio, etc. Il avait recueilli une demi-bouteille de l'eau des fleuves qu'il avait traversés. Une autre vitrine contenait des échantillons de tous les marbres de la terre. Il y avait aussi une armoire qui, réservée aux souvenirs historiques, renfermait des pierres de la prison du Tasse, de la maison natale de Shakespeare, de la chaumière de Jeanne d'Arc et du tombeau d'Héloïse, des feuilles du saule pleureur de Sainte-Hélène, une pièce de vers écrite par Lacenaire à la Conciergerie, un porte-montre volé aux Tuileries, en 1848, un peigne ayant appartenu à mademoiselle Rachel, et, dans un tube de verre, un cheveu de Joseph Smith, prophète des Mormons, sans compter les autres reliques. De grandes tables de bois blanc, des tables d'architecte, étaient couvertes de fioles, et la chambre exhalait une odeur pharmaceutique très caractérisée.

M. Haviland était étendu sur une chaise longue, près de son lit de fer; une couverture de voyage lui enveloppait les jambes. Il était blême, avec des plaques rouges sur les joues. Ses yeux, devenus sombres, sortaient des orbites.

Il prit les mains de sa femme avec cette

tendresse avide des êtres qui sentent que tout
leur échappe. Il lui dit qu'il l'aimait, qu'il lui
avait de la reconnaissance, qu'il se sentait bien
malade, qu'il espérait guérir, étant fort bien
soigné par sa méthode que Groult savait fort
bien appliquer. Ses paroles étaient coupées de
vertiges.

Il poursuivit :

— Je dois vous avertir, Hélène, que j'ai des
moments d'égarement. Cela tient à mon mal.
Tout ce que je ferais dans ces moments doit être
considéré comme non avenu. Heureusement
mes affaires sont en règle. Mon testament est
chez mon notaire.

Il lui dit alors qu'il lui laissait en viager
l'usufruit de sa fortune, dont le capital devait
être mis, en toute justice, sur la tête de Georges
Haviland. Il avait pris aussi des dispositions en
faveur de son domestique Groult, mais il l'en
avait informé. Il pressa de nouveau les mains
de sa femme, la fixa de ce regard étrange et
douloureux qu'il avait quelquefois et l'adjura
d'écouter ce qu'il lui restait à dire :

— Si je viens à mourir et si vous vous
souvenez de moi, cherchez, ma chère Hélène,
cherchez Samuel Ewart, et exécutez en sa faveur

mes dernières volontés. Au nom de Notre
Seigneur Jésus-Christ, qui viendra ressusciter
les morts, je vous adjure de ne rien négliger
pour faire parvenir au dernier descendant de
David Ewart la somme que je lui destine. Il vit ;
il y a des nuits où je le vois. Je le reconnaîtrais,
s'il venait. Il viendra.

Alors le malade regarda fixement une portière
sombre qui pendait à grands plis, allongea son
bras qui tremblait, et s'écria :

— Là, là, devant cette porte, c'est lui, c'est
Sam Ewart ! Vous voyez bien cette marque qu'il
porte au cou, sous sa chemise de matelot ; c'est
une marque rouge, à cause de son arrière-grand-
père, le vieux David... Sam ! Sam ! Oh ! mon
Dieu !

Il retomba sur sa chaise longue et s'assoupit
lourdement. Hélène ne savait que faire et se
perdait dans les fioles. Elle sonna Groult, qui
l'écarta assez rudement et s'empara du malade.

La nuit, comme elle ne dormait pas, elle vit
au clair de lune son mari descendre, enveloppé
d'un tartan, par la fenêtre de sa chambre, et
marcher droit vers un puits qui était près de
l'écurie.

La face collée à la vitre, elle sentit une vive

douleur à la racine de ses cheveux; elle ne put ni bouger ni pousser un cri. Elle vit Groult sortir à demi vêtu du pavillon où il couchait et suivre à pas de loup son maître. Elle vit celui-ci regarder longtemps au fond du puits, lever la tête, étendre la main comme pour chercher de quel côté venait le vent, puis rentrer par la fenêtre dans sa chambre. Elle vit Groult hausser les épaules et regagner le pavillon avec un déhanchement maussade et des gestes de dépit.

Madame Groult avait apparu un moment sous un bonnet à bavolet immense, et dans son éternelle cotonnade, à la porte du pavillon de garde. Hélène crut entendre que Groult, rentré dans sa chambre, la battait.

M. Haviland était devenu somnambule. Le lendemain, elle le trouva tout habillé, paisible, occupé silencieusement à étiqueter les petites pierres qu'il avait arrachées à des monuments fameux. Il écrivait sur des papiers gommés les mots de *Colysée, Catacombes, Tombeau de Cécilia Métella*. Ses yeux, redevenus d'un bleu terne, n'exprimaient rien.

Hélène n'était pas rassurée. Elle voulut rester près de lui. Elle se promettait de le veiller elle-

5

même et de faire venir des médecins, bien qu'il
l'eût formellement défendu.

Groult entra dans la chambre avec une
bouteille et un verre. Il versa du sirop dans le
verre et le tendit à son maître en regardant
fixement Hélène. Il la regardait avec une fami-
liarité cynique, avec une effronterie audacieuse
qui la fit rougir. M. Haviland, peu de temps
après avoir bu, fut repris de vertiges et de
stupeur. Sa pupille se dilata de nouveau extraor-
dinairement.

A compter de ce jour, Hélène fut tourmentée
d'une inquiétude vague. Un soir, vers cinq
heures, elle remarqua sur le tapis de sa chambre
des traces de souliers ferrés. Les pas ainsi
révélés traversaient obliquement toute la
chambre et se dirigeaient de la porte extérieure
à celle du cabinet de toilette. Les traces, extrêmement faibles, n'apparaissaient qu'à cause des
rayons obliques du soleil, qui, rasant en ce
moment le tapis, rendaient visibles les plus
légères foulures de la laine et les grains de
poussière blonde sur les tons riches et fondus
du tissu de Smyrne. Effrayée, elle fit visiter le
cabinet de toilette par sa femme de chambre,
qui y trouva tout en ordre. Elle chercha

quelque temps dans son esprit à s'expliquer
ces traces de pas ; elle ne put y parvenir, et,
fatiguée de s'inquiéter, elle rentra dans son
indifférence.

Quand René Longuemare revint, Hélène, qui
l'attendait, était coiffée de la façon qu'il aimait
le mieux. Elle fut faible devant lui, lui avoua
les misères de sa vie, les ennuis de son mariage.
Elle sentait qu'elle l'aimait. Elle aurait voulu
tomber dans cette poitrine large et chaude, y
pleurer, y tout oublier. René restait très calme
près d'elle. Plus elle se confiait à lui, plus il se
croyait engagé à ne pas abuser de cette confiance. Il l'aimait respectueusement ; elle était
la poésie de sa vie de garçon, où d'ailleurs la
prose ne manquait pas. Il avait repris à Paris
ses vieilles habitudes et il soupait tous les soirs
au sortir de quelque petit théâtre. Il y avait
dans son âme une haute et large place pour une
créature idéale, et à cette place, il avait mis
Hélène. Elle, de son côté, bien lasse, bien
faible, abaissée à ses propres yeux par un
mariage sans amour, mais réservée par bon ton
et décente par goût, retenait devant lui ce qu'il
y avait de trop voluptueux et de trop abandonné en elle. D'ailleurs, exempte encore de

toute faute, il lui eût semblé monstrueusement
impossible d'en commettre une.

Elle lui parla de la maladie de son mari.
René hocha la tête : il ne savait que dire. Mais
il était probable que M. Haviland se médica-
mentait mal. L'aide-major ne diagnostiquait
pas, d'après les symptômes qu'on lui décrivait,
une affection caractérisée, suivant sa marche
naturelle. Il pressentait l'action intermittente
d'un agent nuisible, d'un toxique. La dilatation
de la pupille était vraisemblablement due,
selon lui, à un emploi inconsidéré de la belladone ou de l'atropine. M. Haviland avait dû
recourir, pour combattre ses rhumatismes,
au sulfate chlorhydrate d'atropine ; maintenant,
selon toute apparence, il abusait de ce médicament de la façon la plus désastreuse. Sur
le conseil pressant de René, elle résolut de
nouveau d'appeler des médecins et de garder
elle-même le malade.

Le lendemain, elle le trouva dans un grenier
qui lui servait d'atelier. Il rabotait une planche
avec beaucoup d'attention, car il était menuisier
aussi bien que chimiste. En le voyant si calme,
si reposé, elle crut avoir rêvé. Il parla du cuisinier, qui était un voleur et qu'il avait chassé :

c'était Groult qui avait découvert la fraude. Il
posait de temps en temps son rabot sur l'établi
et venait ôter délicatement les copeaux que sa
femme avait pris dans la guipure de son peignoir.
Il avait ses yeux naturels, ses yeux clairs, et
jamais il n'avait autant manqué d'imagination.

Elle songeait à René, si vif, si intelligent,
d'un esprit plein d'intérêt, comme un livre
bien fait, d'une âme éclatante de jeunesse et
de force, et son cœur se gonflait de haine en
regardant ce vieillard qui rabotait. Groult vint
à l'heure ordinaire apporter le sirop à son
maître. Quand il vit Hélène dans ce grenier où
elle n'avait jamais mis les pieds, il roula des
yeux de chat furieux.

Puis, comme l'autre fois, tandis que M. Haviland buvait son sirop, il la regarda avec impu-
dence en grommelant entre ses lèvres tordues.
En ce moment précis, il était si laid et montrait un tel cynisme, que sur-le-champ, d'un
coup, elle sut clairement, certainement, à n'en
pas douter, ce qu'il faisait là.

Elle tendit les bras en avant pour faire
tomber le verre des lèvres du vieillard. Alors
Groult lui glissa à l'oreille, avec un accent
ignoble et dominateur, ces mots :

— Ne faites pas l'enfant!

Elle resta raide, inerte, toute blanche. M. Haviland avait fini de boire et s'essuya les lèvres.

La malheureuse s'enfuit dans l'escalier, accablée, étourdie, croyant à chaque pas s'effondrer sous terre, épouvantée de son incommensurable lâcheté.

Elle n'osa plus reparaître devant son mari; mais elle apprit le soir même, par sa femme de chambre, qu'il avait eu un délire violent et que maintenant il reposait. Elle l'avait cru mort; elle poussa un soupir de soulagement.

Elle se dit : « Il vit; il est temps encore de parler, d'agir. Je ne serai pas la complice d'un... »

Dans la détente de ses nerfs, elle s'assoupit et, toute tiède et molle de sommeil, elle songea à René, qu'elle revit avec tous les charmes du rêve, avec toutes les magies d'un absent aimé; puis ses visions devinrent confuses et pénibles. Elle avait la tête en feu, elle frissonnait, ses dents claquaient. Elle éprouva à se mettre au lit une sensation qui ressemblait à de la joie, puis elle ne sut plus ce qu'elle était devenue. Elle voyait des figures terribles qui passaient

et qu'elle n'avait pas le temps de reconnaître.
Où donc était-elle? Et que lui voulait cette
foule d'étrangers vêtus de toutes sortes de
costumes de théâtre? Quelque chose de chaud
qu'elle écartait sans cesse avec horreur lui
pesait sur la poitrine à l'étouffer. C'était un chat
rouge avec des yeux qui changeaient de couleur.
Elle écartait les coudes et pliait les genoux. Une
religieuse venait rajuster des couvertures sur
elle; mais pourquoi cela? Et puis, ils étaient
là, deux ou trois, qui l'empêchaient de sortir.
Elle avait pourtant quelque chose de bien
grave à faire, quelque chose qu'on ne pouvait
différer d'une minute; mais elle ne savait plus
quoi. Elle criait : « Oh! ma tête! ma pauvre
tête! » Elle souffrait tant du cerveau qu'elle
cherchait partout un mur, un mur de fer pour
se fendre le crâne et être ainsi soulagée. Oh!
vite! se faire une fente bien large pour tirer
toute l'eau qui bouillait là. Une voix inconnue
disait : « De la glace! encore de la glace! »
Mais elle ne voyait pas de glace, perdue comme
elle était sur une grève de sable brûlant, au
bord d'une mer de plomb fondu. Elle criait :
« René! René! emmenez-moi dans les bois de
Meudon! Avez-vous oublié le temps où vous me

faisiez des bouquets d'aubépine? » Puis elle
tombait assoupie, et, à son réveil, devenue une
enfant, elle récitait, d'une voix monotone de
pensionnaire, des lambeaux de fables et de catéchisme. Elle murmurait : « Je ne peux pas
apprendre mes leçons. Madame, j'ai mal à
la tête. Menez-moi à la maison. Je veux revoir
papa. »

Un jour, elle se retrouva dans son lit, bien faible, ayant très faim. Elle apprit, de la religieuse
qui la gardait, qu'elle avait fait une grave
maladie de trois semaines et qu'elle était
sauvée. Après un grand effort pour rassembler
ses souvenirs, elle demanda :

— Et mon mari?

La religieuse lui dit de ne point s'inquiéter,
qu'il allait bien.

Hélène respira. Entrée en convalescence, elle
eut ces fatigues de tête et ces obstructions de
la mémoire qui suivent ordinairement la fièvre
cérébrale. Il n'y avait qu'un sentiment bien net
en elle : la peur de revoir son mari. Elle eut
des palpitations de cœur quand on lui annonça
que M. Haviland, convalescent lui-même, venait
la voir dans sa chambre.

Il la regarda affectueusement, lui dit combien

il l'aimait et, pour la première fois, elle vit un sourire sur ce visage grave. C'était un sourire intérieur, si profond, si vrai, qu'elle en fut remuée et attendrie. Elle se mit à pleurer et à faire au vieillard une caresse filiale.

Elle lui passait les bras autour du cou, mais il avait repris sa roideur habituelle.

Elle fit un grand effort et, à travers le brouillard de son intelligence, elle retrouva les deux potions versées par Groult. Alors elle prit les mains de son mari et lui dit d'un ton suppliant :

—Si vous m'aimez, si vous voulez nous éviter à l'un et à l'autre une mort horrible, je vous conjure de renvoyer votre valet de chambre aujourd'hui, tout de suite. Ce qu'il a fait... c'est épouvantable... je ne peux pas le dire... Chassez-le! chassez-le!

Elle se roidit dans des sanglots convulsifs et s'évanouit. M. Haviland, se rappelant qu'Hélène avait autrefois témoigné de l'aversion pour le valet de chambre, et la voyant faible et si troublée, pensa qu'elle parlait sans raison ; mais, jugeant nécessaire de lui sacrifier son domestique, il le fit appeler dans le laboratoire et lui dit :

— Groult, il faut nous séparer. Je suis content de vous et j'aurais voulu vous garder auprès de moi jusqu'à ma mort, oui. Mais votre présence dans cette maison est devenue impossible pour des raisons que je n'ai pas à vous soumettre, non! Je ne changerai rien aux dispositions que j'ai prises en votre faveur. Je vous le dis et vous pouvez me croire. Vous quitterez l'hôtel vendredi. Je me charge de votre entretien jusqu'à ce que vous soyez pourvu. Votre femme me sera agréable en restant à mon service, et je tiens à me tenir en communication directe avec vous pour tout ce qui concerne Samuel Ewart. Je n'ai plus rien à vous dire.

Groult ne répondit pas, s'inclina et sortit.

VI

Groult avait été ainsi congédié un vendredi. Le lendemain, M. Haviland se sentit mieux portant qu'il ne l'avait été depuis plusieurs mois. Il fit ce jour-là une promenade au bois de Boulogne avec Hélène, qui se rétablissait.

Les légères secousses de la voiture et les caresses de l'air donnaient aux deux convalescents une agréable fatigue. Hélène avait tous les renoncements de la lassitude. Elle acceptait en ce moment-là, de tout son cœur amorti, le mari fade et le sort monotone qui lui étaient dévolus. La faiblesse donne de ces douceurs. Par un égoïsme de malade, elle devenait affectueuse pour l'homme qui était à son côté dans

la calèche, les genoux sous la même fourrure
qui la réchauffait. Elle regardait d'un œil
frileux les arbres, les réverbères, les piétons
que la voiture faisait filer derrière elle, et les
maisons de l'avenue des Champs-Élysées avec
leurs ateliers de carrosserie et les allées sablées
où s'enfonçaient, sous la voûte, dans l'ombre,
des chevaux tenus en bride par des palefreniers aux jambes arquées; puis l'Arc-de-Triomphe, dressé sur son rond-point avec une
emphase pesante; puis, à gauche, l'avenue
qui mène au Bois, bordée d'une double bande
de parcs anglais; elle voyait, à droite, les cavaliers dans l'allée sablée; un soleil de printemps
baignait l'étendue. Déjà les arroseurs traînaient
leurs tuyaux à roulettes et poussaient des
jets d'eau contre les jambes des chevaux qui
hésitaient. Parfois le vent et l'ombre d'une
victoria vivement lancée lui passaient sur le
visage. C'était une fille à cheveux roux, bla-
farde et les lèvres peintes, qui, les coudes au
côté, tenait les guides et brûlait l'avenue,
tandis qu'un groom, assis derrière elle sur le
siège, se croisait les bras. Puis la fraîcheur du
Bois enveloppa la calèche ralentie. Les voitures,
égayées par de vives toilettes et de clairs

visages, allaient à la file, au pas. Des saluts
s'échangeaient d'une voiture à l'autre, et des
cavaliers s'approchaient, en souriant, des
femmes épanouies sous le fond sombre des
capotes abaissées. Une noce d'ouvriers défilait,
à pied, par couples, dans la contre-allée.

Hélène trouvait à son mari une roideur cor-
recte qui ne lui déplaisait pas. Elle lui savait
gré de son bon ton et de son flegme. Le silence
de cet homme, le calme de sa face, la simplicité
de ses idées la contentaient alors, comme
autant de ménagements délicats donnés à une
convalescente. Elle l'estimait précieux depuis
qu'elle l'avait sauvé. D'ailleurs, ayant peur de
penser, elle goûtait les délices d'une fatigue
modérée et d'une faiblesse qui diminuait. Elle
se pelotonnait avec la volupté d'une chatte
frileuse.

Ils descendirent près de la cascade et entrèrent dans le chalet d'un cafetier pour y boire
un verre de lait.

A sa droite et à sa gauche, les tables étaient
occupées par des vieillards qui chuchotaient,
et des frissons d'étoffes se mêlaient aux faibles
sifflements des langues féminines. Devant elle,
trois jeunes gens discutaient avec des éclats de

voix. Elle ne connaissait pas ceux qui lui faisaient face, mais elle reconnut, à une seule
ligne de l'épaule, celui qui lui tournait le dos
et qu'un garçon de café lui cachait presque
tout entier. Elle sentit une contraction doulou-
reuse de l'estomac, un étouffement à la gorge,
une brûlure de sang aux joues, une angoisse
indicible, en même temps qu'une affluence de
délices trop fortes l'envahissait. Longuemare,
qui lui donnait ce trouble, fort éloigné de se
croire si près d'elle, continuait la conversation
tumultueusement commencée, et poussait,
selon sa coutume, quelque idée à toute
outrance.

— Le seul praticien que j'admire, disait-il à
ses camarades (qui comme lui semblaient avoir
fait un bon déjeuner), le seul, c'est Pinel. Il
ne donnait jamais aucun médicament à ses
clients, de peur de troubler ou d'arrêter le
cours normal de la maladie. Satisfait quand il
avait pu décrire et classer une lésion, il s'abs-
tenait prudemment de la guérir. Devant les
merveilleux progrès d'une plaie active, il restait attentif, respectueux, immobile. Quel
médecin que Pinel!

La voix de René se perdit dans un bruit de

rires; les interruptions jaillirent et les trois
amis parlèrent ensemble. Hélène avait la gorge
sèche; ses tempes bourdonnaient, ses yeux ne
voyaient plus, la sueur perlait sur son front.
Son mari, la voyant si pâle, lui demanda si
elle était fatiguée et si elle voulait rentrer. Elle
le regarda et le trouva odieux. Il avait la face
couperosée avec des filaments violets et des
pellicules blanches sur les joues. Il roulait des
yeux ternes et vides. Maintenant elle lui en
voulait presque de sa santé rétablie.

Quand ils se levèrent, Longuemare la vit.
Le regard qu'ils échangèrent fut tel qu'il semblait les tirer violemment l'un vers l'autre.

Le lendemain, le vieillard ne put quitter sa
chambre; les symptômes de son affection
intermittente reparurent et prirent au bout de
quelques jours un caractère alarmant. Le vendredi matin, Hélène fit appeler un médecin. Ce
jour-là le malade avait un aspect effrayant. Les
conjonctives étaient injectées de vaisseaux
bleuâtres et les yeux sortaient de leurs orbites,
comme à demi arrachés. Le délire était furieux.
Le docteur Hersent, survenu au milieu de
l'accès, prescrivit une médication antispasmo-
dique et sédative qui ne produisit aucun effet

sensible. Diagnostiquant une lésion indéter-
minée, mais profonde, des centres nerveux,
et craignant qu'une terminaison fâcheuse ne
suivît de peu sa venue, il déclara que le cas
était grave et demanda une consultation pour
le soir.

En ce moment, Groult, ayant fait faire son
paquet par sa femme, prenait un fiacre et quittait l'hôtel, conformément à l'ordre qui lui
avait été donné.

Hélène restait près du malade. Terrassée par
une épouvante sans nom, elle n'osait le
regarder; puis, tout à coup, saisie d'une horrible curiosité, elle l'examinait de tous ses
yeux et voulait voir, voir encore, jusqu'à en
mourir. Le malheureux luttait contre deux
valets qui le retenaient à grands efforts sous
les couvertures. Il réclamait sa femme et
Samuel Ewart. Sa voix, dont toutes les cordes
étaient altérées, semblait nouvelle, et d'autant
plus épouvantable. Il soupirait le nom d'Hélène
avec une douceur plaintive, et aussitôt poussait
des glapissements aigus et des ricanements
sinistres, et le contraste était si brusque qu'on
ne pouvait concevoir de telles alternatives de
tendresse triste et d'ironie furieuse, même dans

un cerveau déjà décomposé. Et l'horreur d'une telle scène se décuplait en passant par l'imagination blessée d'Hélène. Elle sentait comme des fils de métal rougis au feu lui courir de la nuque au talon; une cuirasse ardente lui cernait le ventre et les flancs.

Et elle écoutait la voix de son mari avec une attention lucide. Sa torture augmentait de n'y pouvoir découvrir même le sens le plus vague. En cet instant, si elle avait entendu cet homme la dénoncer clairement de la langue et du doigt et la maudire, en vérité elle se serait sentie soulagée.

A dix heures du soir, les docteurs Hersent, Guérard et Baldec se réunirent autour du malade qui, pris devant eux d'un tremblement de tous ses membres, s'assoupit.

Il avait l'air de dormir. Et un nouveau supplice, le plus affreux de tous, commença pour Hélène. Elle se sentit reprise d'amitié et de respect pour cet homme loyal qui l'avait aimée. Elle se sentait des larmes pour lui, et ces larmes lui faisaient horreur comme une infâme hypocrisie, car n'était-ce pas elle qui?...

Le souffle du malade se précipita et devint si pénible que ceux qui l'entendaient, à l'excep-

tion des médecins, se sentaient eux-mêmes
oppressés. Ses mains osseuses, étendues sur la
couverture, la grattaient d'un geste frileux et
maladroit. Le docteur Hersent lui prit le poignet gauche. Il constata l'affaiblissement du
pouls et le refroidissement des extrémités. Le
nez se déprimait. Les yeux se cavaient. Il les
roula autour de lui comme pour tout revoir et
tout reconnaître une fois encore, puis il inclina
la tête en arrière, poussa trois soupirs et rentra
dans le repos. Un geste du docteur Hersent
annonça que tout était fini.

Hélène, qui s'était tenue debout et droite,
dans la solennité de cette agonie, entendant
qu'il était mort, sentit le sol s'ouvrir sous elle
et ressentit une délicieuse impression d'anéan-
tissement. Avec quelle volupté elle sentit pendant une seconde qu'elle s'évanouissait tout
entière! Oh! qu'il lui était doux de n'être plus.
Elle tomba.

Les docteurs Guérard et Baldec rencontrè-
rent dans l'antichambre un monsieur court, à
gros favoris et à lunettes d'écaille, qui leur
prit la main dans les siennes et leur dit d'un
accent pénétré :

— Messieurs, vos efforts ont été impuissants;

l'art des hommes, si étendu qu'il soit, a des
limites. Les princes de la science ne commandent pas toujours à la nature. Je suis de ceux
qui honorent le courage malheureux. Je vous
le déclare, monsieur Fellaire de Sisac n'oubliera
jamais les soins éclairés que vous avez prodi-
gués à son honorable et sympathique gendre.

Puis M. Fellaire se dirigea d'un pas grave et
lent vers l'office, où il se fit servir une légère
collation.

Madame Groult, inondée de sueur et de
larmes, poussait des gloussements dans sa loge.

Le docteur Hersent se fit conduire chez
madame Haviland dont l'état exigeait quelques
soins. Quand elle vit entrer dans sa chambre
ce grand homme noir qu'elle ne reconnaissait
pas, la peur détermina en elle un accès de
délire. Elle étendit les bras en s'écriant :

— Ce n'est pas moi! Je vous jure que ce
n'est pas moi!

VII .

M. Fellaire montra beaucoup d'activité après
la mort de son gendre.

On le vit en habit noir conduire le deuil avec
le neveu du défunt. Le cortège suivait lentement les boulevards extérieurs pour se rendre
au cimetière Montparnasse où M. Haviland,
adoptant la patrie de sa femme, avait acheté
pour elle et pour lui une concession à perpé-
tuité. M. Fellaire, peu accoutumé à se lever
matin, avait le visage pâle et bouffi d'insomnie.
Ses yeux rougis et ses paupières turgides sous
les lunettes d'écaille achevaient de donner à sa
physionomie une expression opportune de
fatigue et de mélancolie. Grâce à l'embonpoint

de son corps albumineux, il avait du poids et
marchait gravement. Ayant conscience de cet
avantage, il ne perdait rien de son volume ni
de sa masse et restait considérable. Par un
étrange retour de la fortune, son chapeau,
bien différent de celui qu'il avait posé jadis
sur le guéridon du salon, dans l'hôtel Haviland, était vierge et lustré, avec une coiffe
d'une blancheur immaculée. Il était sur son
bras comme un mortier sur son affût et
semblait pointé contre le corbillard. Les bottes
de M. Fellaire ne craquaient pas avec force
comme de coutume ; il en sortait à chaque
pas une sorte de soupir, comme si deux Génies
funéraires y eussent été cachés. Devant l'édicule gothique sous lequel des ouvriers descendaient le cercueil en retenant à demi un :
« Oh! hé! » et en crachant dans leurs paumes
brûlées par le frottement des cordes, M. Fellaire
resta immobile en regardant le ciel par-dessus ses lunettes avec une expression spiritua-
liste. On comprenait, à le voir ainsi, que sa
pensée ne s'arrêtait pas devant les portes de
bronze du tombeau, mais qu'elle s'élevait dans
les régions éthérées sur les ailes de la philosophie la plus distinguée. Il planait ainsi dans

les domaines de l'idéalisme et semblait lui-
même affranchi de l'existence, quand une
petite toux lui rappela qu'il vivait et qu'il avait
la poitrine grasse. Derrière lui, le dominant de
toute la tête, quelques Anglais à poil blond et à
grande forme se tenaient droits dans leurs
habits bien coupés. Deux hommes d'affaires,
commensaux de la brasserie de Colmar et
partenaires habituels de M. Fellaire au billard
et aux dominos, chuchotaient à part. Le
groupe des gens de maison, tassé dans une
contre-allée, au flanc de l'édicule, découpait
dans la lumière crue les favoris des valets de
chambre, les bonnets à rubans des cuisinières,
accusait des rondeurs de coudes et des
silhouettes de pantalons noirs trop longs retom-
bant à grands plis sur les bottes.

Après l'inhumation, M. Fellaire reçut les
compliments de condoléance des assistants
dans l'attitude d'un homme courageux, mais
accablé. Il remercia les personnes qui avaient
bien voulu s'associer à lui pour rendre les derniers devoirs au défunt. Il feignait de revoir
avec satisfaction chacune des personnes pré-
sentes, bien qu'il n'en connût pas une seule.
Il pressait la main à chacune avec une éner-

gie qui voulait évidemment dire : « Merci !
merci ! J'aurai du courage. Je saurai me
contenir. » Quand ce fut le tour de ses deux
vieux camarades de café, il ne tendit au contraire que le bout des doigts, et, fronçant
les sourcils, il exprima soudain une tristesse
sauvage et répulsive. Il craignait qu'ils lui
missent la main sur l'épaule en l'appelant « ma
pauvre vieille ».

Il renouvela plusieurs fois ses remerciements
collectifs et il les adressa finalement à un groupe
de personnes qui venaient d'enterrer un juge de
paix et qui ne surent jamais ce que leur voulait ce monsieur en habit noir.

Comme il lui était impossible d'établir une
ligne de démarcation entre les amis de son
gendre et le reste des hommes, il eût fait les
honneurs de tous les enterrements de la
journée, si les divers cortèges se fussent
écoulés devant lui sans interruption.

A compter de ce jour, il ne quitta plus ni
son habit noir, ni sa mine stoïque et morne.
Il venait tous les jours à l'hôtel Haviland, y
déjeunait et y dînait. Après le dîner, il mettait
la main sur la tête de Georges et s'écriait avec
une espèce de sanglot :

— Cet enfant-là m'intéresse!

A la brasserie de Colmar, où il faisait tous les soirs sa partie de billard, il s'écriait :

— Ce n'est pas seulement un gendre que j'ai perdu : c'est un fils et un gentleman!

Julie, la femme de chambre de madame Haviland, avait entendu le cri étrange poussé par sa maîtresse à l'apparition du médecin, car le lendemain on en parlait mystérieusement chez l'épicier et chez le boucher. La nouvelle que l'Anglais du boulevard Latour-Maubourg avait été empoisonné et que sa femme était complice du crime, fut répandue et gagna en peu de jours les quartiers voisins. Le docteur Hersent, qui demeurait dans la rue Saint-Dominique, fut très surpris d'entendre dès le lundi suivant sa femme lui parler de ce bruit de crime comme d'un bruit public. Hersent, que l'habitude des sciences et la pratique de la médecine avaient habitué à beaucoup de méthode dans de telles recherches, n'admettait pas, qu'en l'état des choses, on pût soupçonner madame Haviland. Il répondit à sa femme qu'il ne fallait pas, en médecine légale, ramasser les propos des commères. Toutefois,

l'affection, à laquelle M. Haviland avait suc-
combé, n'était pas, selon lui, assez caractérisée par le procès-verbal qu'il avait signé
avec les médecins consultants. Il n'était pas
sans se reprocher en lui-même quelque légè-
reté à cet égard. Se sentant coupable de négli-
gence, il souhaitait que l'affaire n'eût pas de
suites, et il comptait qu'elle n'en aurait pas.

VIII

Longuemare, retenu à son hôpital par la
visite du matin, qui, à cause d'une épidémie
typhique, avait duré plus longtemps qu'à
l'ordinaire, n'arriva au cimetière Montparnasse
qu'après l'inhumation de M. Haviland. Tout
ce qu'il put voir de la cérémonie fut le profil
énergique et sombre de M. Fellaire, emporté
hors du cimetière par deux chevaux noirs
dans une voiture mise à son service par l'administration des pompes funèbres. Rebrous-
sant chemin à cette vue, il passait entre les
urnes et les sabliers sculptés sur les piliers de
la grille d'entrée, quand il fut arrêté par un
petit homme vif qui le traita de revenant, de

spectre et de fantôme avec beaucoup de gaieté
et qui entonna d'une belle voix grave l'air de
Robert : « Nonnes, qui reposez... » C'était son
ancien camarade de classes, Bouteiller, qui,
célèbre au lycée par son inaptitude aux sciences
comme aux lettres, était devenu reporter dans
un grand journal. Il venait d'entendre approxi-
mativement trois discours prononcés sur la
tombe d'un membre de l'Institut. S'attachant
au bras de Longuemare :

— Mon bon, lui dit-il, tu dînes avec moi, ce
soir, chez Bréval.

Pendant le dîner, Longuemare, profondément agité, mais cachant, selon son habitude, son émotion sous des formes plaisantes,
traita plusieurs questions relatives à l'amour et
aux femmes, avec des développements scientifiques relevés de calembours transcendants. Ils
dînaient au champagne frappé. Bouteiller ne
dînait pas autrement. Le champagne était une
nécessité professionnelle qu'il subissait. Au
reste, il était fort occupé; il passait en chemin
de fer des heures de sa vie qui eussent été plus
belles sans cela. Il inaugurait des statues dans
toutes les villes de France, suivait le président
de la république dans les départements inondés,

assistait aux mariages aristocratiques, entendait
des conférences sur le phylloxéra, voyait tout
et était le moins curieux des hommes. Il n'y
avait qu'un lieu dans le monde qui l'intéressât,
c'était Chatou, où il avait une maisonnette et
une barque. Il ne se souciait que de sa barque
et de sa maisonnette, et il devait s'occuper du
monde entier. Une usine ne pouvait brûler sans
lui. Longuemare en vint naturellement à
parler de M. Haviland, de ses habitudes singu-
lières, de sa mort, et, en thèse générale, de
l'empoisonnement par la belladone. Pendant ce
temps, Bouteiller décrivait sa barque; ils
s'entendaient à merveille.

Vers dix heures, Bouteiller dit :

— Mon bon, je cours au journal; attends-
moi une seconde au café de Suède. J'y ai un
rendez-vous.

A onze heures, ils fumaient tous deux devant
une table de zinc, dans le bruit et la lumière
du boulevard.

Bouteiller disait :

— Vois-tu, mon bon, un aviron un peu court
qu'on sent bien dans la main, et surtout bien
tranchant du bout et qui coupe l'eau comme
un couteau...

Un jeune faubourien en blouse et en casquette s'arrêta devant eux et dit à Bouteiller :

— Ça n'est pas pour cette nuit.

Bouteiller lui donna quarante sous et le renvoya. Il n'avait pas l'air satisfait.

— Un *écho* que j'avais fait d'avance et qui restera sur le marbre !

Puis, pour éclaircir la chose à son ami, il ajouta.

— Ce jeune voyou que tu as vu sait comment les choses se pratiquent à la Roquette. Il vient de me dire que l'assassin de la rue du Château-des-Rentiers ne sera pas exécuté cette nuit. A propos, toi qui es médecin, dis-moi donc un peu si on souffre encore après qu'on a eu le cou coupé.

— Rien de plus facile que de te renseigner là-dessus, répondit Longuemare.

Et il commença à donner des explications.

— La vie étant une quantité, comme l'a dit Buffon, elle est susceptible d'augmentation ou de diminution. Le « nœud vital » de Flourens est une ânerie. Suis-moi bien... Si je puis dire avec Bichat que la vie est l'ensemble des forces qui résistent à la mort, je dois ajouter que ces forces résistent plus ou moins longtemps à la dissociation finale. La décollation produit une violente syncope et abolit la sensibilité dans des circonstances qu'on peut considérer comme définitives. Mais la vie musculaire persiste. Il ne faut pas confondre...

Bouteiller, désespéré, l'arrêta :

— Non! non! J'aime mieux t'avertir tout de suite. Ton explication serait trop longue et je n'y comprends absolument rien. D'ailleurs la science m'a toujours paru terriblement obscure. Il y a des questions, comme celle de l'immortalité de l'âme, par exemple, et celle de l'existence de Dieu, qui sont si ardues!... Heureusement que Dieu n'est pas une actualité... A propos, comment nommes-tu l'Anglais que tu as enterré aujourd'hui? Il y a un écho, parbleu, dans ce que tu m'as conté, à la condition de broder un peu. Tu disais donc?...

IX

Groult, ayant ordonné rudement à sa femme
de lui faire son sac, partit pour Avranches, où
il avait, disait-il, des affaires à régler. Et, dans
le fait, il venait d'hériter d'un petit champ dans
un endroit voisin. Il descendit dans une auberge
du faubourg, à l'enseigne du Cheval-Rouge.
On le vit, en compagnie de fermiers et d'éleveurs,
verser à la mode du pays des carafons entiers
d'eau-de-vie dans sa tasse de café. Il était
plus gai, plus ouvert que d'habitude, parlait
volontiers, acceptait des politesses et offrait des
tournées.

Le mercredi, il prit le train qui le mit à
Granville à la tombée du jour, par un affreux

temps. Un grain passait, comme disent les
marins. Il pleuvait, un vent furieux fouettait
les lanternes et gémissait dans les allées. Il se
dirigea vers la vieille ville et prit une rue
étroite, tortueuse, montante, pleine d'une odeur
de marée. Son pied gauche faisait, pour suivre
l'autre, le mouvement d'une faux dans les blés,
et tout son corps se balançait à chaque pas. Il
avançait très vite dans l'ombre, faisait jaillir
sous ses pieds l'eau des flaques, grognait et
jurait. Il entra sans hésiter dans une misérable boutique d'épicier ornée de deux bocaux
de sucreries derrière les petites vitres verdâtres
de la devanture, et meublée d'un lit à courtines
de cotonnade rouge enfoncé sous l'escalier de
bois. La terre battue qui formait le sol était
détrempée par endroits et portait des empreintes
de semelles ferrées. Il ne vit personne, et, sans
s'attarder à attendre l'épicier, il traversa la
boutique, qui était la seule entrée de toute la
maison.

Il monta l'escalier et frappa à la porte du
second étage, à l'endroit où la rampe s'arrêtait. Un petit vieillard, éclairé sous le menton
par sa chandelle, examina le visiteur à travers
la porte entre-bâillée et le fit entrer dans une

chambre encombrée de liasses de papiers
déchirés, de registres écornés, de cartons
bâillants et crevés, qui laissaient échapper des
marges de feuilles marquées de vieux timbres,
tout cela pressé, amoncelé et lourd. Sans
doute des souris couraient derrière ces tas de
papiers et de parchemins, car on entendait des
craquements et des froissements tout proches
au milieu du bruit lointain et continu du vent
dans les cheminées et de la pluie sur les
lamelles de pierre de la toiture.

Une couchette maigre et débraillée laissait
apercevoir, dans un coin d'ombre, sous des
loques pendues, les misères de sa nudité. La
poussière revêtait tous les objets d'une teinte
uniforme. Et le visage même du locataire semblait enduit de cette couche grise. Il n'avait
plus de dents et sa langue était sans cesse
occupée à se mouvoir contre ses lèvres molles.
Quant à ses prunelles d'un vert pâle, elles faisaient songer, par leur agilité, à ces souris
qu'on entendait grignoter dans le mur.

— Eh bien, lui dit Groult en s'asseyant,
vous vouliez me parler? Me voilà. Qu'y a-t-il de
nouveau?

L'autre passa doucement sa langue sur ses

7

gencives et dit avec un accent nasillard et
traînant :

— Je suis bien heureux de vous voir, mon
bon monsieur Groult. Il y a du nouveau si l'on
veut et il n'y en a pas si l'on veut : c'est
comme on l'entendra.

Il caressait avec douceur, en parlant, son
collier de barbe grise et semblait compter ses
mots sur ses poils.

Groult l'interrompit par un grognement
d'impatience.

— Eh! mon Dieu! dit l'autre, comme vous
êtes pressé. Aussi vrai que je me nomme Tan-
crède Reuline et que vous vous nommez
Désiré Groult, je suis disposé à vous instruire
de tout ce qui peut vous intéresser. Le père
Reuline est connu sur toute la côte depuis
la pointe de Carolles jusqu'aux pêcheries
de Bréhal. Les grands comme les petits
s'adressent à moi. Je fais les affaires de tous
ces messieurs. Pas plus tard qu'hier, j'ai
recouvré une créance pour le compte de monsieur de Tancarville. Ah! mon bon monsieur,
c'était une créance quasiment perdue. Monsieur
de Tancarville m'a dit, ce sont ses propres
paroles : « Reuline, je voulais allumer ma

pipe avec. » — Tenez, la semaine passée,
madame la baronne Dubosq-Marienville...

Groult l'interrompit en frappant un coup de
poing sur la table. Reuline remua un moment
les lèvres sans parler; puis il reprit de sa voix
traînante et nasillarde :

— Venons-en, s'il vous plaît, à votre affaire.
Je suis à vos ordres et nous ne pouvons man-
quer de nous entendre. Je vous ai fourni
l'acte de naissance d'un sieur Samuel Ewart et
différents papiers propres à établir l'identité de
cette personne. Je vous ai passé ces actes de la
main à la main, mon bon monsieur, sans pré-
juger de l'usage que vous vouliez en faire. Je
n'ai agi en cela que dans le but de vous être
utile.

— Après? dit Groult en fronçant les sourcils.

— Espérez un peu, dit le Normand dans son
patois, espérez.

Il s'humecta les lèvres et continua :

— Je n'ai pas voulu chercher quelle sorte
d'intérêt vous aviez à vous procurer les
papiers de Samuel Ewart; je suis discret, mon
bon monsieur. La discrétion est une des vertus
cardinales de mon petit métier. Mais supposez
que Samuel Ewart soit mort.

— Parbleu ! s'écria Groult, s'il est mort il ne reviendra plus.

Et il éclata de rire.

— Espérez, dit le vieillard (en contemplant les épingles soigneusement piquées à la manche de son habit); espérez. Supposons qu'une personne possède un extrait légalisé de son acte de décès, — de l'acte de décès de Samuel Ewart, mort à Jersey, sans postérité — et que le détenteur de cette pièce puisse la produire en temps utile.

Groult ouvrit ses deux énormes mains. Il était exaspéré de la trahison de son vieux complice, qui semblait vouloir maintenant rendre inutiles les pièces qu'il lui avait procurées à grands frais.

— Pas de finesse ! dit-il rudement. Marchez droit.

Les prunelles du bonhomme clignaient avec inquiétude, mais sa voix était très calme quand il reprit :

— Tout ce que je vous en dis n'est que pour vous servir. Mais je vois que je vous contrarie. Restons-en là et quittons-nous bons amis.

Il se leva et alla prendre sur un méchant

secrétaire de noyer un pot à eau égueulé dans
lequel trempait une botte de myosotis.

— Voyez, dit-il en posant le pot sur la table,
j'en aurai pour toute la saison. Chaque fois
que je passe par Carteret, là-bas, sur la côte,
je cueille des myosotis dans le fossé qui borde
la propriété de monsieur de Laigle. J'en
tire une botte que j'entortille dans mon mouchoir...

Il passait doucement la main sur les fleu-
rettes bleues pour faire tomber les corolles
fanées.

— Pourvu, ajouta-t-il, qu'on ait le soin de
tirer les racines avec les tiges, on est certain de
voir cette plante-là vivre dans l'eau comme en
pleine terre. Eh! mon Dieu! je n'ai ni femme
ni enfant, ni chien ni chat; il faut bien s'attacher à quelque chose : j'aime les fleurs.

Groult ne l'écoutait pas; il se mordait les
lèvres et se rongeait les ongles. Puis il fit un
soubresaut et s'écria :

— Vous avez l'acte de décès de Samuel
Ewart. Donnez-le-moi, il me le faut, je le
veux!

Rouline jeta un coup d'œil furtif sur le
secrétaire de noyer. Et, enlevant délicatement

le pot de myosotis, il le replaça sur le meuble.
Puis il s'assit et s'humecta les lèvres.

— Espérez, dit-il, espérez. J'ai cet acte et je
ne l'ai pas. Il se peut que je puisse le produire
comme il se peut que je ne l'aie pas à ma disposition. Mais raisonnons comme s'il m'était
loisible de me le procurer. J'ai appris bien
tardivement que monsieur Haviland (au service de qui vous êtes depuis bien des années,
n'est-il pas vrai?) recherchait ce même Samuel
Ewart. Il est bien naturel que je songe à
l'obliger à son tour, mon bon monsieur. Il
sera bien content d'avoir des nouvelles de ce
pauvre Samuel, décédé si malheureusement à
Jersey.

Reuline s'arrêta pour observer son homme
et voir s'il ne l'avait pas trop exaspéré. Mais
Groult répondit tranquillement :

— Si vous vouliez envoyer l'acte à mon
maître, il fallait vous dépêcher davantage. Il
est mort à l'heure qu'il est, ou peu s'en faut.

L'homme d'affaires se fit avec sa langue une
fluxion sur la joue gauche et fixa ses yeux verts
sur le domestique avec tout l'empire d'une
évidente perspicacité. Groult en ressentit un
malaise très sensible.

—Ce pauvre monsieur Haviland! Ce que c'est
que de nous! Mais comme vous êtes certain, mon
bon monsieur, de la mort de votre maître! Il
y a donc, Jésus! des maladies dont on peut
connaître ainsi le terme à l'avance. Hélas! il
faut revenir à notre affaire. Monsieur Haviland laisse des héritiers qui seront certainement bien contents d'apprendre ce que feu
Samuel Ewart est devenu. Je n'ai qu'un désir,
mon bon monsieur, c'est celui d'obliger le
monde.

Groult était redevenu tranquille. La patte
d'oie, marquée sur sa tempe, avait une sorte
de sourire tout à fait malin.

— Mais, dit-il, les héritiers Haviland ne vous
donneront pas deux sous de votre chiffon de
papier. Vous seriez vraiment bien bon de
le leur envoyer. Quel avantage y auriez-vous?
Donnez-le-moi. Je serai capable même de
vous le payer quelque chose, un peu plus
tard.

— Doucement; contez-moi votre petite
affaire. Le bonhomme Rouline est discret.
Quand je saurai de quoi il retourne, j'aviserai.

— Je n'ai rien à vous conter.

— Eh! mon Dieu! je sais ce que c'est, vous

êtes timide, mais je vous aiderai. Feu Samuel
Ewart est couché sur le testament de ce pauvre
monsieur Haviland pour une somme assez
ronde. Muni, comme vous l'êtes, grâce à moi,
des papiers qui établissent l'identité du défunt
légataire, vous trouverez un jeune homme de
bonne volonté qui consentira, moyennant une
bonne prime, à se présenter chez le notaire de
feu monsieur Haviland, comme Samuel Ewart
lui-même, et à toucher en cette qualité la
somme à lui laissée. Eh! mon Dieu! ne vous
défendez pas; il ne faut pas laisser l'argent
dormir, et puisque ce pauvre Samuel a
perdu le goût du pain... Mais, mon bon monsieur Groult, qui vous répondra de la probité de
ce Samuel Ewart? S'il gardait tout pour lui,
ce serait bien indélicat de sa part, mais bien
déplaisant pour vous. Il faut songer à tout.
On voit tant de malhonnêteté en ce bas
monde! Avisez. Soyez prudent. Je ne veux
que votre bien.

Le vieil homme passa entre ses lèvres la fine
pointe de sa langue de lézard et continua :

— Je vous avertis. Un homme averti en
vaut deux. Je connais la personne qui possède
l'acte de décès de Samuel Ewart. Cette personne

n'est ni un Turc ni un juif. Elle ne vous veut
pas de mal; elle est raisonnable. Voici ce que
je suis autorisé à vous dire de sa part : Touchez
le legs de Samuel Ewart, et, quand vous l'aurez
touché, offrez par mon intermédiaire une part
raisonnable à cette personne... non pas une
part de la moitié, non... ce serait trop; il ne
faut pas pressurer les gens... mais, comme qui
dirait une prime de cinquante pour cent. Sans
quoi la personne, agissant contrairement à mes
conseils, rendra public l'acte qu'elle possède,
ce qui serait bien fâcheux pour vous et me ferait
beaucoup de peine.

Groult s'était reculé, ramassé dans l'ombre
pendant ce long propos. Il sauta sur l'homme,
le prit à la gorge et lui cria :

— Donne l'acte, vieux juif, ou je t'étrangle!

Il était furieux de rencontrer un obstacle
qu'il n'avait pas prévu.

Rouline, jaune et maigre, sec et semblant
rendre l'âme à chaque souffle, se raidit et
résista avec le muscle et la souplesse d'un
homme exercé par de fréquentes querelles avec
les marins qui lui portaient leur montre en
gage pour aller boire. Cette résistance augmenta
la fureur de Groult qui vit rouge et tira son

eustache. C'était un méchant couteau pointu
dont la lame se ramenait sur un manche de buis
cerclé d'anneaux de cuivre. Groult l'avait sans
cesse dans la main pour son usage personnel et
le service d'autrui. Le vieillard, glissant pour
se dégager, alla tomber contre l'angle de la
cheminée, qui lui fit une blessure au front.
Groult, tombé avec lui sans le lâcher, vit de très
près d'abord une éraflure blanche, puis le sang
qui coulait abondamment. Ce sang et les cris
de Reuline lui firent faire le coup de la peur.
Avec une lucidité singulière, il choisit sa place
et enfonça la lame du couteau dans la poitrine
du vieillard. Puis, pendant une minute, qui lui
parut indéfiniment prolongée, il ne remarqua
rien. L'homme était là, sous son poing, roulant
des yeux verts, la bouche ouverte et résistant
de tous ses muscles; puis, après cette minute-
là, enfin, il lâcha prise, s'affaissa, ferma et
rouvrit convulsivement les mains comme pour
saisir quelque chose, et ne bougea plus.

Alors ses traits n'exprimaient plus rien de
violent. Il avait l'air de sourire malicieusement
dans son sommeil.

Groult fit sauter avec la pointe de son eustache
la serrure du secrétaire de noyer et se mit à

fouiller. Il remuait des papiers. La flamme de la chandelle presque finie dansait et les souris faisaient craquer le plancher au milieu du silence survenu. Il fouillait les dossiers, les liasses, les chemises, les layettes, et jetait tous les papiers sur le cadavre. Une grande flamme envahit tout d'un coup la chambre. C'était le papier roulé à la base de la chandelle qui s'enflammait. Il fouillait les enveloppes, les cartons, les vieux buvards, les serviettes et les portefeuilles de cuir. Enfin, il trouva un papier timbré qu'il fourra dans sa poche en poussant un grand soupir. Il souffla le chandelier qui fumait comme un lampion et dont la flamme surnourrie de suif fondu se rejeta sur son visage et lui brûla les cils avant de s'éteindre. Puis, ayant pris sa casquette à tâtons, il sortit.

Il hésita un moment sur le palier, monta sans bruit à l'échelle du grenier et regarda par la lucarne qui donnait sur la rue. Il vit, aux reflets de la lumière sur le pavé mouillé, que la boutique de l'épicier n'était pas fermée. Il se blottit derrière des caisses vides et attendit. Il attendit longtemps, les jarrets tremblants, la gorge sèche, les tempes serrées, frissonnant au moindre bruit. Enfin, quand il jugea la maison

et la rue bien endormies, il noua à la poulie
qui surplombait la lucarne une corde à crochet
dont l'épicier se servait pour élever des ballots
au grenier et descendit dans la rue avec une
agilité de singe.

X

Hélène, sortie de convalescence, n'avait plus qu'une idée : posséder René, le tenir, ne plus le quitter. Il serait son refuge, sa force. Elle comptait bien que les épouvantes ne l'atteindraient plus quand ils seraient tous deux enfermés dans la même chambre. Elle l'épouserait, elle vivrait doucement, chaudement, bien abritée, entre son mari et son père. Tout son passé d'innocence tenait à ces deux hommes. Non, non ! les mauvais rêves ne se glisseraient plus sur l'oreiller qu'elle se ferait avec tant d'amour.

Elle ne savait rien des bruits qui grondaient sourdement contre elle dans le quartier.

Quant au testament de M. Haviland, cet acte, ouvert et lu devant les héritiers par le notaire, ne donna lieu à aucune difficulté. Le défunt laissait en usufruit à Hélène Haviland, née Fellaire, ses biens meubles et immeubles, lesquels devaient revenir, après le décès de l'usufruitière, à Georges Haviland ou à ses héritiers directs, s'il en venait à naître.

Groult était porté sur le testament pour une rente annuelle de douze cents francs.

Le testateur souhaitait expressément que la fortune distincte, claire et liquide, de Georges Haviland, mineur, administrée par lui, le fût à son défaut par son vieil et honorable ami M. Charles Simpson, banquier à Paris.

Mais M. Charles Simpson, atteint d'une affection de la moelle épinière à la suite d'une chute de cheval, ne put accepter la gestion que son ami défunt voulait qu'on lui confiât. M. Fellaire, ayant appris cette difficulté, imagina de se faire agréer aux lieu et place de M. Simpson.

Il témoigna, en diverses circonstances, de la plus vive sollicitude pour la fortune du mineur. Un jour, après le déjeuner, quand on lui apporta le cognac et des cigares, il dit à sa fille :

— Cet enfant-là m'intéresse comme s'il était mon propre fils. C'est plus fort que moi, je me sens pour lui des entrailles de père. Ces sentiments-là ne se commandent pas.

Ayant mis une pyramide de sucre dans son café, il reprit :

— Je ne sais pas ce que je ne ferais pas pour cet enfant.

Il contempla la pyramide de sucre qui s'effondrait dans la tasse et sourit avec mélancolie à cet écroulement, comme si c'était celui de l'espérance, si amoureusement conçue, d'être utile à Georges Haviland.

Puis il avala le sirop formé par la pyramide éboulée et sourit de nouveau.

Hélène le regardait avec inquiétude. Elle devinait bien ce qu'il allait lui proposer.

Il but un verre de cognac et dit :

— Ce pauvre Simpson est tombé de cheval d'une façon bien malheureuse. Ce que c'est que de nous! Il n'y a pas un mois qu'il était vigoureux et plein d'intelligence, et le voilà devenu idiot... Quand je dis qu'il était plein d'intelligence, j'exagère. Il n'a jamais su mener grandement les affaires. C'était un esprit timide. Il ne risquait pas.

Et M. Fellaire alluma son cigare en se ren-
gorgeant. Il risquait, lui!

Hélène, visiblement gênée, se taisait. Son
père fumait en silence, et, vêtu de noir, correct,
massif, semblable dans la fumée à un héros
dans les nuages, il figurait bien l'apothéose du
financier.

Il reprit :

— Ce Simpson était très froid, très sec. Je
me demande, s'il aurait jamais eu pour son
pupille, notre Georges, un intérêt vraiment
paternel.

Puis, incapable de se contenir, il alla droit
à ce qu'il voulait. Il dicta lui-même à Hélène
une lettre par laquelle elle le proposait aux
membres du conseil de famille comme tuteur
de Georges Haviland.

Debout, la tête haute, l'index tourné en
signe de commandement vers la page commencée :

— Écris, mon enfant, écris, disait-il.

J'ai l'assurance que ce choix aurait reçu l'ap-
probation de mon mari...

Elle hésita devant cet énorme mensonge.
Mais, levant les yeux sur son père, elle lui vit
un front si tranquille, un air si convaincu, une

si digne figure, qu'elle écrivit docilement ce
qu'il dictait.

M. Fellaire, planant dans les régions sereines
de la paternité adoptive, rayonnait d'un pur
éclat.

Il alla mettre lui-même la lettre à la poste.
Hélène, restée seule, eut honte et peur d'avoir
trahi le mort. Elle pensa : s'il revenait!...
Alors elle crut le voir et elle le vit avec une
effroyable netteté. Son visage, qui n'exprimait
rien, laissait tout entier le mystère de sa
pensée. Elle savait bien qu'elle ne le voyait
qu'en imagination, mais elle ne pouvait pas ne
pas le voir.

M. Fellaire ne put dormir de toute la nuit.
Ses idées s'agitaient tumultueusement sous son
foulard écarlate. Il se retournait dans son lit
et faisait tinter à chaque seconde le verre et la
carafe posés avec sa pipe, son bougeoir et ses
lunettes sur la table de nuit d'acajou. Ce bruit
argentin accompagnait harmonieusement ses
pensées. Les actes futurs de sa tutelle intègre
lui inspiraient pour lui-même de l'estime par
anticipation. Ce n'était pas tout. Il comptait
trouver en sa fille un capitaliste docile. Il fon-

derait enfin sa grande entreprise, le rêve de sa
vie ; il mettrait au jour l'enfant de ses veilles,
son œuvre : *la Fiduciaire, société de prêts sur
gages.* Le gouvernement ne manquerait pas
d'autoriser une société assise sur une base
solide de capitaux. La liste des membres du
conseil d'administration, choisis parmi des
personnes décorées ou titrées, inspirerait de la
confiance au numéraire. A ce moment de son
rêve, M. Fellaire vit passer dans les rideaux de
son lit l'ombre terrible du *Phénix de la garde
nationale.*

Il en sentit au front une sueur froide, sous
son triple madras, mais il chassa ce nuage
importun. Il contempla de nouveau l'avenir.
Il imagina pour la Fiduciaire un emblème d'un
grand effet : deux mains terminées par des
manchettes de dentelles et se tenant l'une
l'autre à poignée. Il voyait déjà cette image
symbolique imprimée sur les circulaires et les
prospectus, gravée sur les billets, traites, bons,
chèques, actions, obligations, livres de souche,
et sculptée en pierre dans des proportions
colossales sur le fronton même de l'immeuble
occupé par la Fiduciaire dans le voisinage du
nouvel Opéra. Car la Fiduciaire ne manquerait

pas d'acheter un terrain dans ce quartier central
et d'y bâtir un hôtel.

La première pointe de jour passa entre les
rideaux de la fenêtre, et M. Follaire aperçut,
épars sur les meubles, des mémoires non
acquittés de bottiers et de restaurateurs.

XI

Le lendemain du dîner chez Bréval, Longuemare, en déjeunant au café, parcourait un
journal. Tombé sur une colonne d'informations
signée *Spectator*, pseudonyme qu'il savait être
celui de Bouteiller, il fronça les sourcils en
découvrant un entrefilet rédigé comme il suit :

Encore une originalité internationale qui vient de
s'éteindre. M. Martin Haviland, dont les obsèques ont été
célébrées hier, laisse dans son magnifique hôtel du boulevard Latour-Maubourg une collection d'un genre particulier, quelques milliers de bouteilles contenant de
l'eau de tous les fleuves, rivières, ruisseaux, cours
d'eau, fontaines et cascades du monde entier. M. Haviland était aussi remarquable par sa bienveillance que
par ses collections. Sa mort, qui sera vivement ressentie

par tous les pauvres du quartier des Invalides, semble due à l'abus de la belladone qu'il employait pour combattre un rhumatisme aigu dont il était affligé. C'est du moins l'opinion des princes de l'art. Nous sommes heureux d'être assez bien informés pour pouvoir rendre à cet événement déjà si douloureux en lui-même ses véritables proportions.

Les dernières lignes de cette note le mirent dans une rage violente. Il se promit de couper avec sa cravache la figure de son ami Bouteiller. « Je ne sais seulement pas où perche ce macaque! » s'écria-t-il dans son impatience. Il alla le chercher au bureau du journal à la mode et le rencontra dans le vestibule, entre le canard de bronze et le pigeon de marbre rose nichés, l'un sur la boîte aux lettres, l'autre sur celle des manuscrits. La mine bonasse et stupéfaite du gros reporter, ouvrant son parapluie sans défiance (il pleuvait), désarma Longuemare qui, se rappelant aussitôt le temps où Bouteiller lui volait ses versions dans son pupitre pour les copier à son aise, fut pris d'une sorte d'attendrissement. Bouteiller, souriant à sa vue, lui cria :

— Mon bon! tu dînes avec moi ce soir chez Bréval, c'est entendu. Je vais installer le grand rabbin.

Longuemare lui barra le chemin, lui mit
sous le nez le journal tout froissé et lui dit :

— Que signifie la dernière phrase de ton
écho? Qui donc, à ta connaissance, a donné à
cet événement des proportions qu'il ne com-
porte pas?, Qu'a-t-on soupçonné? et qui a-t-on
soupçonné? Réponds.

Bouteiller promena des yeux exactement
ronds sur Longuemare et le journal. Puis il
répondit avec une évidente candeur :

— Je vais te dire, mon vieux. J'ai mis ça
pour corser l'écho, voilà tout. Et comme c'est
mesuré, remarque bien! Je suis piquant et je
ne compromets personne. C'est du savoir faire,
ça. Ainsi c'est entendu, ce soir, au Helder!

Longuemare, désarmé, haussa les épaules
et lui tourna le dos. Secoué par des émotions de
diverses natures, il avait les nerfs très irrités.
Il tombait dans des violences et dans des atten-
drissements successifs et se sentait en veine de
folies. A n'en pas douter, il aimait Hélène, et
cet amour commençait à le troubler profondément. Sous l'influence de l'excitation que ce
sentiment imprimait à toutes ses facultés, il
acheva en une semaine un article pour la
Gazette médicale, composa son premier sonnet

et s'attacha à l'improviste à une bouquetière
de bal public pour laquelle il dépensa en huit
jours sa solde d'un trimestre. Puis l'article, le
sonnet et la bouquetière lui semblèrent insi-
pides et fastidieux. Il traîna encore une
semaine d'agacements et s'en alla droit un beau
jour à l'hôtel du boulevard Latour-Maubourg.
Il pouvait, après le temps écoulé, présenter
décemment ses compliments de condoléance à
la veuve.

Quand il revit la grille d'entrée, le perron au
fond de la cour, l'antichambre et son grand
poêle de faïence, il lui sembla qu'il y avait un
siècle qu'il n'avait passé par là. Il était las
comme s'il avait vécu plusieurs âges d'homme.

Il attendit quelques minutes Hélène dans le
salon. Quand elle parut devant lui grandie et
pâlie par ses vêtements noirs, il crut la voir
pour la première fois. Ce n'est pas qu'elle fût
bien changée. Depuis sa convalescence, malgré
ses tortures d'imagination, elle prenait de l'embonpoint et ses joues étaient assez pleines. Mais
il éprouvait sans cesse en la voyant une délicieuse sensation de nouveauté. Les yeux d'Hélène avaient, sous les boucles blondes des
cheveux abaissés sur le front, un sourire vague

et charmant. Elle parla la première. Le rien
qu'elle dit le fit tressaillir. Il répondit de travers. Elle, plus maîtresse de ses sens, jouissait
du trouble qu'elle inspirait. Il effleura, en termes
vagues, les souvenirs de deuil; puis, par une
pente aisée, il en vint à parler de l'avenir.

Elle n'aimait plus le monde, disait-elle. Elle
lui demanda ce qu'il comptait faire. Il voulait
essayer de la clientèle civile; son père lui donnerait les fonds nécessaires. Elle approuvait;
elle avait à Saint-James et dans le parc de
Neuilly des amis qui feraient au jeune docteur
une clientèle choisie. Elle lui promettait son
patronage et s'engageait de la sorte dans son
avenir. Elle dit que, pour elle, elle ne savait
pas ce qu'elle ferait. Elle ajouta, par un
délicat mensonge, que la succession de
M. Haviland, dont elle n'avait que l'usufruit,
grevée de legs, pouvait la laisser bien moins à
l'aise qu'on ne croyait. Elle ajouta : « Si je
deviens une pauvre femme, vous ne me
fuirez pas? » Il eut assez de goût pour ne rien
répondre. Ils ne se dirent pas un mot d'amour.
Mais ils n'avaient pas un souffle qui ne fût
embrasé. Ils respiraient avec effort; ils se
sentaient nager dans un fluide étouffant et

délicieux. Elle dit qu'elle avait chaud. Il lui
prit la main, qu'il ne pressa qu'à peine et
qu'elle ne retira pas. Ils ne savaient pas ce
qu'ils faisaient et ils auraient voulu tous deux
mourir; mais la conscience des choses revint
à Hélène. Elle dégagea sa main. Une ombre
passa sur son front. Elle songea un moment et
dit :

— Il y a bien des choses que j'ai faites et
que je ne ferais plus. Je vaux mieux que ma vie.

A cette parole, qui remuait dans leur âme
toutes les eaux dormantes du souvenir, René
détourna la tête et retint des larmes sous ses
paupières. A son tour elle lui prit la main. Ils
entendirent des pas dans l'antichambre : « Mon
ami, mon ami, lui dit-elle... » Et, sans achever,
elle alla à quelques pas s'asseoir dans un fauteuil.

M. Fellaire, annoncé par le craquement de
ses bottes, fit son entrée et serra avec effusion
les mains du docteur. Il rappela les soirées
de la rue Neuve-des-Petits-Champs.

— Nous vous avons élevé, formé, dit-il à
René; vous êtes notre enfant. Et il est de fait
que vous avez vu défiler chez moi bien des
types curieux. C'était pour vous une école

d'observation. Vous avez donc navigué et vu
du pays, comme le pigeon de La Fontaine?
Ah! la mer!

Il parla de l'immensité, de la poésie de
l'Océan, et se montra fort ému. Puis il
demanda la permission de dépouiller sa cor-
respondance et de faire son courrier.

Installé devant la table, il lisait des papiers,
avec des susurrements ou des grognements
qui exprimaient son dédain ou son impatience.
Donnant à sa personne, à ses papiers, à ses
journaux, le plus de volume qu'il lui était possible, il affectait tour à tour la contention la
plus obstinée et le détachement le plus léger.

Hélène et René se regardaient en silence et
se croyaient seuls au monde.

Enfin M. Fellaire fit courir sa plume sur
quelques feuilles de papier, signa avec fracas,
sonna comme chez lui, fit mettre son courrier
à la poste et huma l'air à pleins poumons.

Son humeur avait tourné; il était bon enfant,
sans façon, un peu goguenard. Il proposa une
promenade *extra muros*. Personne n'en saurait
rien. D'ailleurs, ce n'était pas une partie de
plaisir. Il faut bien dîner quelque part. Ils
iraient manger une friture à Meudon.

Ils avaient tous trois le goût de ces parties
intimes lestement menées.

Au bas Meudon, ils entrèrent sous une tonnelle au bord de l'eau. Hélène, pour dénouer
les brides de son chapeau, éleva les bras
comme deux anses d'amphore, par un mouvement plein de grâce dont le spectacle donna à
René une minute délicieuse. Les cheveux
blonds de la jeune femme étaient collés sur son
front et ses yeux brillaient doucement au-des-
sous. Ils échangèrent un regard si profond et si
limpide qu'ils eurent la sensation de se noyer
l'un dans l'autre. M. Fellaire, redevenu important, se rappela des affaires avec de grands
soupirs. Il demanda de l'encre et du papier, et
n'obtint à grand'peine qu'une fiole vaseuse, une
plume rouillée avec une feuille bleue de Bath
sur laquelle il mit des chiffres et qu'il fourra
ensuite dans sa poche. Puis il demanda brusquement si son jeune ami ne connaissait pas
des armateurs à Toulon. Il prononçait avec tant
d'ampleur le nom d'armateur qu'il semblait
que la phrase n'eût été dite que pour produire
un effet de sonorité, ce qui est bien possible.
On dîna. M. Fellaire exprimait une moitié
de citron sur sa friture avec toutes les élé-

gances dont était capable sa main blême,
grasse, courte et chargée de bagues. Il contemplait les jeunes gens à travers ses lunettes
d'écaille ; non sans une secrète envie de les
exhorter et de les bénir, comme dans un
drame. Devant eux, sur la rivière, un ponton
de débarcadère affleurait la berge.

Une île étroite et longue leur fermait
l'horizon d'un rideau de peupliers. Des canotiers passaient en périssoires, et, dans l'île, des
femmes en robes claires les appelaient avec
des rires argentins. Le couchant s'embrasa, des
étincelles tremblaient sur la rivière ; puis le
ciel et l'eau s'éteignirent ; une brise fraîche
s'éleva dans la verdure sombre. René décrocha
le châle noir et le mit sur les épaules d'Hélène.
M. Fellaire abondait en récits galants et
en recettes de cuisine. S'étant mis inopiné-
ment à admirer le paysage, il décerna des
louanges à la Providence. Longuemare lui
répondit que la nature est le théâtre d'un éternel carnage et que rien n'y vit que par le
meurtre.

— Vous allez trop loin, répliqua M. Fellaire.

Ils étaient heureux tous trois ; l'ombre commençait à les envelopper. Ils se seraient long-

temps oubliés là, si l'homme d'affaires n'eût
songé au café de Colmar. Il calcula qu'il était
temps d'aller y faire sa partie de billard, avec
des courtiers et des fermiers d'annonces.

— Mes enfants, dit-il en consultant sa montre
non sans un froncement de ses épais sourcils,
l'heure me presse ; un rendez-vous très important. D'ailleurs, il va pleuvoir.

Le vent s'était élevé. Des nuages couraient
furieusement dans le ciel, devant une lune
pleine et rouge qui semblait emportée en sens
contraire. Ils cherchaient le sentier étroit qui
monte au haut Meudon et mène à la station.
Hélène marchait au bras de René. Les clartés
incertaines de la nuit les faisaient hésiter. Ils
se taisaient. Tout à coup Hélène frissonna.

— J'ai peur, dit-elle.

Un homme en guenilles, grand, maigre, à
longs pieds, venait à leur rencontre devant
eux. En ôtant son chapeau de paille, il montra
un visage maigre, percé de deux grands yeux
ternes. Il tendit la main en murmurant une
espèce de prière. Hélène se pressa contre René
et l'entraîna.

— Vous l'avez vu, dit-elle ; il ressemble à...
J'ai peur.

René lui-même éprouvait une impression de malaise. Ce mendiant rappelait en effet M. Haviland et, ce qu'il y avait de plus pénible, c'est qu'il le rappelait sous un aspect si morne et si défait, et avec une telle expression d'irrémédiable souffrance qu'il suggérait la vision affreuse de M. Haviland, non comme il était autrefois, mais tel qu'il devait être maintenant. Ils gravissaient tous trois le sentier bordé de haies et de murs. Les cailloux roulaient sous leurs pieds. Hélène s'arrêta court : elle fixait des yeux un objet dans l'ombre. René ne voyait devant elle que des touffes d'orties autour d'une borne. Mais, certes, la veuve voyait autre chose. Elle poussa un grand cri et tomba à la renverse. M. Fellaire voulait qu'on la fît asseoir.

— Laissez-la étendue, dit René, penché sur elle.

Elle était roide, inerte. Ses lèvres seules remuaient et un peu d'écume commençait à poindre aux coins. Ses yeux sans regards étaient ouverts sur le ciel. Quand elle se ranima, elle ne se rappelait rien, mais elle était lasse. Arrivée à la porte de l'hôtel, elle supplia son père d'y venir coucher cette nuit.

Elle avait peur encore, disait-elle. Elle tendit
la main à René, mais une main glacée, crispée,
inanimée, et elle le regarda avec une péné-
trante expression de découragement et de
désespérance.

XII

Hélène, effarouchée, tremblait sans cesse. Les visites qu'on lui faisait, celles qu'elle attendait et qui ne venaient pas, le bruit, le silence, les appartements, la rue elle-même, tout lui faisait peur. A toute rencontre elle tressautait. Son ancienne amie de pension, Cécile, mariée depuis longtemps dans la finance, vint la voir en grande cérémonie. Sous les minauderies et le papotage de la visiteuse perçait une pointe de curiosité qui mettait Hélène à la torture. L'entrefilet du *Spectator* avait piqué la curiosité de Cécile, qui pourtant se résignait à partir désappointée.

Elle était déjà debout quand elle se ravisa.

— Ces journalistes, dit-elle, n'ont pas le sens commun. Quel est donc celui qui disait qu'on avait donné à l'affreux malheur qui vous a frappée, pauvre chérie, des proportions, des proportions?... D'abord, je ne sais pas bien ce qu'on entend par des proportions.

Hélène, effarée, répondit :

— Je ne vous comprends pas; je vous assure que je suis...

Elle s'arrêta au bord d'une insondable maladresse. N'allait-elle pas protester de son innocence!

Elle fit rechercher le numéro du journal, le lut et ne dormit plus.

Pendant ce temps, le parquet d'Avranches, saisi d'une affaire criminelle, l'instruisait minutieusement. Un sieur Reuline, agent d'affaires assez mal famé, avait été trouvé assassiné dans son logis, rue de Gesvre, à Granville. Les charges pesèrent d'abord sur un ouvrier du port, ivrogne et débauché, qui s'était rendu chez Reuline vers cinq heures du soir, la veille même de la découverte du cadavre. L'épicier, établi au rez-de-chaussée de la maison, avait vu cet homme descendre en donnant les signes d'une violente surexcitation. Mais, reconnu

9

innocent après un long interrogatoire, il fut
relaxé. Forcé de tourner ses recherches dans
un autre sens, le juge d'instruction examina
de nouveau le théâtre du crime. Il remarqua
que les liasses de papiers qui avaient été
tirées du secrétaire, après le crime, feuilletées
rapidement et jetées sur le corps de la victime,
formaient des groupes distincts, enveloppés
chacun d'une chemise de papier, laquelle
portait un nom et une adresse. Cet amas de
papiers avait été prudemment laissé tel qu'on
l'avait trouvé. On avait dégagé le corps de
la victime avec de minutieuses précautions.
Une de ces chemises, jetée par-dessus toutes
les autres, et par conséquent au terme des
recherches de l'assassin, était complètement
vide. Elle portait la cote suivante : *M. Groult,
chez M. Haviland, à Paris.*

Le nom de Groult se retrouva, non à Granville, mais à Avranches, sur le registre de
l'auberge du Cheval-Rouge. Groult y logeait
encore, quand un mandat d'amener fut lancé
contre lui; il fut arrêté.

Hélène apprit cette nouvelle par les journaux, après une nuit atroce. Elle l'avait vu, lui.
C'était une apparition affreuse; il se tenait

devant elle, sans lui rien reprocher, sans lui
marquer de haine ni de colère. Seulement il se
montrait à elle tel qu'elle l'avait fait, sous l'aspect
épouvantable qu'il avait maintenant. Comment
vivre, s'il revenait ainsi toutes les nuits?

Son père vint à l'heure du déjeuner. Elle se
jeta sur lui avec un délire de tendresse et
d'épouvante, elle le suppliait des yeux. Elle le
serrait si fort qu'il lui dit :

— Qu'as-tu donc? Tu me fais mal!

Puis il déclara qu'il s'était toujours méfié de
Groult, et c'était une révélation bien inattendue.
Le crime de ce misérable le faisait frissonner,
disait-il; mais il lui était venu, dans la nuit,
une idée, une inspiration. Il voulait retrouver
Samuel Ewart. Il avait le matin même écrit à
ce sujet à l'ambassade de France en Angleterre. Il poursuivrait ses recherches. Et dans ce
moment même son regard aigu semblait vouloir percer la corniche.

Hélène souffrait cruellement de le voir ainsi
s'attacher aux choses du mort. Elle lui dit :

— Papa, est-ce que tu ne voudrais pas
partir avec ta fille loin, bien loin?

— Où? demanda-t-il dans sa bonhomie
effarée.

L'idée de s'éloigner du café de Colmar lui
apparaissait comme la plus absurde et la plus
monstrueuse impossibilité. Remis de sa surprise, il baisa Hélène sur le front.

— Enfant! murmura-t-il.

Puis, avec ses instincts de vie facile et de
bonté indiscrète, il trouva ce qui eût pu retenir
la jeune veuve à Paris.

— Notre ami Longuemare, lui dit-il, ne se
consolerait pas de ton départ.

Mais elle répondit gravement que M. Longuemare ne devait songer qu'à une jeune fille.
Puis, les mains jointes, avec un éclat de voix
sorti des entrailles :

— Mon Dieu, mon Dieu! s'écria-t-elle,
quelle chose impitoyable que la vie!

Il lui prit les mains et répliqua de sa voix
grasse :

— A qui le dis-tu, mon enfant!

Puis, ayant déployé sur la table son portefeuille de chagrin, il s'isola dans la fumée d'un
gros cigare et rédigea un mémoire pour Samuel
Ewart, absent.

A partir de ce jour, les remords et les
terreurs d'Hélène augmentèrent constamment,
sans cause extérieure, par le seul travail de

son cerveau blessé. Ses visions devinrent
plus fréquentes et plus précises. Elle avait
besoin de réflexion pour les distinguer de la
réalité.

A la suite d'un interrogatoire subi par Groult,
une perquisition fut ordonnée au domicile de
l'inculpé. Un commissaire de police, assisté
d'un serrurier, se présenta un matin à l'hôtel.
On vint avertir madame Haviland qu'il saisissait
des papiers dans le pavillon du concierge, et
qu'il demanderait, dans une heure ou deux, à
la maîtresse de la maison, la faveur d'un
moment d'entretien. Hélène reçut cette nouvelle comme un coup de maillet. Elle voyait
dans sa chambre, distinctement, son mari
décomposé, mais correct, très calme et très
content. Elle le voyait, il était assis, feuilletait
une revue, semblait tranquille comme un
homme rentré chez soi. Bien que ses yeux
fussent entièrement délayés et tout mêlés de
terre, il aperçut un brin de fil sur le tapis de la
table et l'ôta délicatement comme il faisait tous
les jours quand il vivait, puis il disparut. Alors
les terreurs d'Hélène changèrent. Dans son
ignorance des choses, elle s'imagina la justice

acharnée contre elle, lui arrachant l'aveu de
ses plus secrètes pensées et l'envoyant sur le
même échafaud que le domestique Groult.
Tout ce qu'elle avait lu du supplice de Marie-
Antoinette lui revenait à la mémoire. Elle
sentait sur sa nuque le froid des ciseaux du
bourreau. La folie de la peur l'envahit tout
entière. Les frôlements de son peignoir la
faisaient s'évanouir à demi.

Vers dix heures, elle entendit un claquement
de portes. Elle ouvrit la fenêtre pour se tuer
ou se sauver; elle n'en savait rien. C'était son
neveu Georges qui revenait, comme à l'ordinaire, du collège. Il jeta ses livres avec mauvaise humeur sur la table, et, par hasard,
regarda sa tante.

— Comme tu as de grands yeux aujourd'hui,
lui dit-il.

Il ouvrit ses livres, comme à l'ordinaire, en
attendant le déjeuner et se plaignit, avec une
moue de mauvais écolier, d'avoir à faire une
préparation grecque. Puis, assis sur son pied,
à un coin de chaise, le menton sur la table
trop éloignée, il se mit à feuilleter mollement son dictionnaire. Malgré ses grimaces,
il traduisait assez bien. Il faisait en écrivant

des taches d'encre qu'il effaçait ensuite avec
sa langue.

Elle écoutait stupidement tous les bruits et
tressaillait aux coups de pied que l'enfant
lançait contre les bâtons de sa chaise. Il
imitait la voix grave et le ton guindé de son
professeur.

— Remarquez, messieurs, l'harmonie des
vers de Sophocle. Nous ne savons pas comment
on les prononçait, nous les prononçons tout
de travers; mais quelle harmonie! Monsieur
Labrunière, vous me conjuguerez dix fois le
verbe *didômi*. Quelle harmonie!

Puis avec sa voix flûtée :

— Ma tante, je te « promets » que mon professeur met des faux-cols en papier. Nous
l'appelons Python. Saisis-tu pourquoi? Un
jour, il nous a dit : « Messieurs, Python était
un monstre d'une laideur répugnante et d'une
malignité insigne. » Alors Labrunière a crié
tout bas « : C'est comme vous. » Il est fameux,
Labrunière! Dis donc, ma tante, sais-tu que tu
es une très belle femme?

Puis ses idées, après tant de sautillements,
se posèrent sur le texte grec. Il faisait le mot
à mot, et, comme un oiseau jaseur, remplissait

la chambre de sa voix claire, disant tout haut les mots grecs et français qu'il écrivait et s'interrompant pour compter des billes.

— « *Kara théion*, la tête divine, *Iokastès*, de Jocaste, *tethneken* est morte... Comme c'est bête!... Elle alla... *pros ta leké numphica*, vers les couches nuptiales,... c'est-à-dire vers la chambre à coucher... Remarquez, messieurs, quelle heureuse expression et quelle harmonie!... *Sposa komen*, déchirant sa chevelure, *kalei* elle appelle, *Laïon* Laïus, *nekron*, mort. Vois-tu, ma tante, en français, un laïus c'est un sermon, mais en grec c'est un bonhomme que Jocaste avait épousé, et ce mariage-là n'avait pas réussi. *S'arrachant les cheveux, elle appelle Laïus mort...* »

Hélène, à travers ces balbutiements de grec et de français, démêlait une antique et noble histoire de femme désespérée.

Lui, échauffé, près d'en finir, se hâtait.

— *Eseidomen tèn gunaika krémasten*, nous vîmes la femme pendue. Il fit un paraphe qui troua le papier, tira sa langue toute violacée d'encre, puis il chanta :

— Pendue! pendue! J'ai fini!

Hélène se leva, toute droite, et monta dans

sa chambre avec une allure si calme, si précise, si certaine, qu'elle semblait la figure de la Nécessité.

Enveloppée de son châle noir et de son voile de veuve, elle descendit par l'escalier de service.

XIII

En voyant la rue, elle fut éblouie et chancela.
La clarté de cette matinée était étrangement
diffuse. La lumière, répartie sur tous les objets,
les éclairait avec une extrême netteté. Les
voitures, les arbres, les kiosques des marchands
de journaux et les passants les plus éloignés
restaient si précis, malgré leur petitesse, qu'on
eût dit les avoir sous la main. Cette clarté fut
très pénible à Hélène, qui ne regardait rien et
voyait tout. Les objets les plus insignifiants
pour elle, comme les numéros des fiacres et les
lettres des enseignes, se gravaient dans ses
yeux avec des détails fatigants pour des nerfs
malades. Tout ce qu'elle voyait lui semblait

entrer en elle brutalement et la blesser. Elle
était tentée de reculer, mais elle ne pouvait
s'arrêter. Non, jamais la pensée ne fut aussi
complètement abolie dans une personne vivante.
Et elle marchait comme irrévocablement déter-
minée. C'est que tout à l'heure une idée lui
était venue, simple, claire et si définitive qu'elle
avait exclu toute autre idée. Elle allait, ne se
sentant pas même marcher, croyant voler et
pourtant bien faible, incapable d'un geste
volontaire. Elle allait. Devant elle une fillette
trottait en portant un enfant et une boîte au
lait. Hélène épiait les gouttes blanches qui
tombaient une à une sur les dalles du trottoir.
Tout ce qui lui restait de facultés s'appliquait à
ce lait répandu. A chaque gouttelette échappée,
elle ressentait une inexplicable impression
d'angoisse.

Quand elle atteignit les quais, la large étendue
ouverte devant elle, le poudroiement de la
lumière sur le fleuve et le souffle frais errant
sur les eaux lui tirèrent un soupir. Elle hésita
une seconde ; mais, tournant à droite, elle reprit
sa course. Le quai d'Orsay était tout parfumé
d'une odeur de jardins. Elle allait.

De la rue du Bac au pont Royal, une file

d'hommes affairés, d'ouvrières agiles, de fiacres, d'omnibus lui barraient le passage. Elle prit le pont, sans regarder l'eau, tourna encore une fois à droite, descendit sur la berge, traversa, entre un massif de saules, la passerelle des bains, et entra dans le bateau plein d'une odeur d'eau chaude et de goudron.

Elle attendit tranquillement, en mordillant la pomme de son ombrelle, que la fille en tablier blanc eût préparé son bain. Elle était très calme. Elle entra dans la cabine et dit qu'elle sonnerait quand elle aurait besoin d'un peignoir.

Dès que la petite porte se fut refermée sur elle, elle ouvrit d'une brusque secousse la fenêtre, dont elle écarta les rideaux de calicot, et respira largement. Devant elle, la Seine agitait ses petites lames étincelantes. Du bateau des blanchisseuses, amarré à l'autre rive, partaient les coups sourds des battoirs. Un bourdonnement montait de l'enclos bariolé des bains d'hommes.

Elle embrassait ce spectacle clair d'un regard indolent qui semblait heureux. Ses épaules serrées par le châle de cachemire noir, son voile de veuve relevé sur le chapeau et flottant autour de sa tête comme un nuage funèbre, elle était

plus belle que jamais et une volupté calme
s'exhalait de toute sa personne. Un clapotement
d'hélice s'approcha et grandit. Le ponton des
bains oscilla légèrement, et un bateau-mouche,
allant au Point-du-Jour, passa devant elle si
près qu'elle entendit les voix des passagers.
Deux jeunes gens, d'allure vulgaire, appuyés
aux bordages du pont, la lorgnèrent avec une
intention libertine, en songeant, sans doute, à
sa toilette qu'elle allait défaire.

Elle les remarqua. Elle entendit l'aîné des
deux, qui était blond, avec des plaques rouges
sur la face, dire à son camarade :

— La belle femme! on se la...

Mais déjà le bateau passait, cheminée
abaissée, sous l'arche du Pont-Royal.

Fut-ce dédain ou contentement? les coins de sa
lèvre se soulevèrent et commencèrent un sourire.

Elle était calme; son regard, flottant, très
doux, sans inquiétude. Elle releva ses beaux
bras par un geste gracieux qui eût troublé bien
des hommes, passa les doigts sur le front. Puis
elle se détacha avec indifférence de ce qu'elle
voyait et referma la fenêtre. Il était midi.

A deux heures, elle n'avait pas sonné. A
deux heures dix la fille de service, surprise de

n'être pas encore appelée, ouvrit la porte de la cabine et demanda si madame n'avait pas besoin de quelque chose.

Il n'y avait personne dans la baignoire, mais en face, entre la fenêtre et la glace, une grande forme noire pendait.

La fille s'enfuit en criant au secours.

Hélène Haviland s'était pendue avec une cravate de son neveu, au porte-manteau. Elle avait gardé sur ses épaules le châle que René lui attacha un mois auparavant, sous la tonnelle, à Meudon. Ses genoux étaient infléchis et la pointe de ses bottines touchait le parquet. Une chaise placée sans doute à dessein à la gauche du corps le faisait dévier et l'empêchait de porter d'aplomb sur le sol. Le voile de veuve recouvrait le visage. On le souleva. La face était tuméfiée; la langue, noire et gonflée, sortait de la bouche.

Le commissaire de police appelé sur les lieux fit cette réflexion :

— J'ai vu bien des femmes suicidées; c'est la première fois que j'en vois une pendue.

XIV

Longuemare, profondément atteint par cette disparition hideuse et louche de la femme qu'il aimait, ne parut pas d'abord accablé. Il fit de la médecine avec rage. Mais il devint sombre, brutal. dur. Il ne montrait de bon que son zèle et son intelligence de praticien. Querelleur avec ses camarades et cynique avec les femmes, il lassa toutes les complaisances et resta seul. Son impatience devint telle qu'il ne pouvait prendre un repas dans sa crémerie sans se quereller avec le garçon, le patron et la demoiselle de comptoir.

Sur une parole brusque du médecin en chef de l'hôpital, il donna sa démission de chirurgion militaire et tomba un beau jour chez son père, au fond des Ardennes, sans livres, sans linge, avec une barbe de trois semaines et l'air maussade.

L'ancien agent-voyer, petit vieillard sec, taillait ses arbres, mettait son vin en bouteilles, scellait les carreaux branlants des salles, fendait du bois, allait, venait et prenait en grande considération toutes les choses de la vie. Il haussait les épaules en voyant son fils étendu tout le jour dans le jardin, une pipe éteinte à la bouche et un chapeau de paille crevé sur le nez.

Un jour, après le dîner, il confia à son fils qu'il avait « une grosseur » au bras, dont il ne souffrait pas, mais qui semblait augmenter. Il demanda ce qu'il fallait faire.

— Rien, répondit René en tournant les talons au bonhomme indigné.

Souvent, une binette ou un sécateur à la main, le vieillard affectait de passer par hasard près du tas de foin où son fils était vautré. Parfois il lui disait :

— Si tu es malade, va te coucher dans ton lit.

Ou bien :

— S'il vient du monde, je t'engage, dans ton intérêt, à prendre une autre tenue.

René prit l'habitude de sortir après chaque
repas. Il allait, tout proche, s'étendre dans les
ajoncs, sur les bords ravinés d'une petite
rivière. Il ne rêvait même pas. Tout lui semblait pénible, absurde, mauvais; sa douleur
était sans charme, sans beauté. Il resta quelques
semaines dans cet état.

Un jour qu'il bâillait stupidement au bord de
l'eau, il vit des enfants qui se glissaient tout
nus, avec des mouvements maladroits et jolis,
d'une pierre à l'autre, dans le lit de la rivière.
Ces petits êtres à crins jaunes, avec des faces
rouges, qui riaient, s'appelaient, se repous-
saient, criaient, faisaient clapoter l'eau, met-
taient de la gaieté dans l'âpre paysage. Longuemare eut tout d'un coup une idée. Il les
appela; mais eux, pour s'enfuir, s'accrochaient
des mains et des genoux aux pierres moussues,
glissaient sur le fond vaseux, faisaient des
plongeons et n'avançaient guère. Un d'eux, tapi
dans la fente d'un rocher qui surplombait la
rivière, s'y croyait caché. René vint l'y surprendre et le tira de son trou comme une
anguille. Sans doute il n'avait pas l'air bien
méchant, car l'enfant n'eut plus peur.

— Veux-tu bien m'écouter, petit sauvage,

lui dit le chirurgien. Si tu veux gagner des sous neufs, apporte-moi des grenouilles. Tu dois savoir attraper des grenouilles. Je demeure là-bas, chez le père Longuemare.

Quand il eut des grenouilles, il ne quitta plus sa chambre, qui s'emplit d'une forte odeur de pharmacie et de tabac. Le père Longue-mare, en sarclant ses plates-bandes, regardait avec satisfaction la petite lucarne d'où pen-daient, au bout de fils de laiton, des grappes de grenouilles mutilées. Maintenant que son fils travaillait, il avait pour lui une sorte de respect religieux. Il se faisait petit dans la maison et n'y marchait plus que sur la pointe des pieds. Il défendait à la servante de faire le lit, là-haut, pendant que monsieur travaillait.

Un jour, à table, en pelant une poire, il dit à son fils :

— Est-ce que je ne pourrais pas t'aider à préparer tes grenouilles? N'as-tu pas besoin, par exemple, que je taille des planchettes? Je pourrais te les peindre et même y coller une couche de sable fin.

— Coller du sable fin sur des planchettes! Et pourquoi faire?

Le père expliqua qu'il pensait que son fils

empaillait des grenouilles et en faisait des
groupes artistiques.

— J'ai vu, dit-il, à Paris, dans les boutiques
des naturalistes, des grenouilles préparées très
habilement; elles faisaient mine de se battre
en duel et tenaient des petites épées de bois;
il y en avait aussi qui jouaient au piquet avec
des miniatures de cartes et d'autres qui buvaient
sous une tonnelle, dans des verres de poupée.
C'était très ingénieux. Je croyais, mon garçon,
que tu travaillais à quelque chose de semblable.

Il fut très désappointé quand il apprit que
son fils faisait des expériences. C'était à ses
yeux des enfantillages bons pour les écoliers.
Depuis lors sa figure s'allongea de nouveau,
et, quand, dans son jardin, promenant l'œil du
maître sur toute la maison, il apercevait des
grenouilles pendues à la lucarne, il branlait la
tête en signe de pitié.

Un matin, René lui annonça qu'il partait.
Les deux hommes se firent, pour les adieux,
une voix rauque et brève, un front impassible,
une attitude raide, et ils se séparèrent avec
une fermeté maussade.

Mais tandis que le vieux père, en regagnant
sa maison, pleurait dans son mouchoir à car-

reaux, le fils, étendu sur la banquette de la voiture de troisième classe, s'essuyait les yeux en
bourrant sa pipe.

A la station de Reims, deux jeunes gens, des
employés de commerce, sans doute, entrèrent
dans son compartiment. L'un des deux lisait
le Petit Journal et faisait part à l'autre des
nouvelles les plus importantes.

— La crise ministérielle continue... Une
explosion a mis en émoi le quartier du Gros-
Caillou... Le nommé Groult (Juste-Désiré) a
été exécuté ce matin à six heures, sur la place
du Marché, à Granville.

— Qu'est-ce qu'il avait fait? demanda
l'autre.

— Il avait assassiné un vieillard. On l'accusait aussi d'avoir empoisonné un riche Anglais,
mais ce second crime n'a pas été prouvé à
l'audience. Tu ne te rappelles pas l'affaire
Groult?

— Non, dit l'autre.

Et après une minute de silence :

— Y a-t-il des détails?

Ils lurent à mi-voix : « Dès quatre heures
du matin, la fatale machine... » Longuemare
n'entendit pas le reste.

Le propriétaire du journal plia sa feuille et
dit :

— Jusqu'au dernier moment il a protesté
qu'il n'avait pas frappé sa victime avec prémé-
ditation. C'est égal, c'était un fameux gredin...
Je mangerais bien un morceau, et toi?

Longuemare vécut, à Paris, dans une torpeur
stupide. Il lui restait de son traitement en
Cochinchine quelques centaines de francs qui
le dispensaient de tout effort. Il se levait à midi
et allait s'asseoir sur un banc du Luxembourg,
au milieu du tourbillon des feuilles mortes
dans le vent d'automne. Il se tenait la tête
dans les mains si longtemps que les poings
restaient marqués dans les joues. Les premiers
froids achevèrent de l'engourdir. Il traîna ses
journées d'hiver dans la salle étouffante d'un
petit café, sans même lire les revues ni jouer
au billard. Il rencontra là, au printemps, une
figure de connaissance, Nouilhac, gros garçon
velu, à demi paysan, qui, ayant trouvé des
écus dans un sabot de feu son père, cultiva-
teur en Auvergne, faisait sauter le sac avec
des appétits de goinfre et une ladrerie de
vilain. Il touchait à la quarantaine et devenait
sérieux.

Ayant racheté dans son pays une source
thermale oubliée, avec son établissement moisi,
il avisait au moyen d'y ramener les baigneurs.
Il avait ses poches bourrées de flacons d'eau
minérale et de prospectus illustrés de vignettes
représentant des thermes romains et une piscine
du seizième siècle, d'après une ancienne miniature.

Tendant une bouteille à Longuemare :

— Thermale, sulfurée, chlorurée, sodique,
arsenicale, iodo-bromurée et gazeuse, lui dit-il.

Puis il déroula tout au long son affaire.

L'établissement était situé à cinquante kilomètres de Clermont, au bord d'un lac, au pied
d'une superbe pyramide de basalte. Quinze ou
vingt chevriers et trente goitreux ou goitreuses
peuplaient le village.

Nouilhac possédait, du chef de son père, trois
ou quatre masures qui, repeintes et closes,
deviendraient des cottages pour les étrangers.
L'hôtel de César, situé en face de l'établissement, pouvait contenir de trente à quarante
voyageurs. On songerait plus tard à établir un
casino. Ils commençaient petitement, mais qui
sait si dans l'avenir?... Finalement, il demanda
à Longuemare s'il voulait être des leurs.

— Venez, lui dit-il, vous serez le médecin de l'établissement.

Il avait pour les talents médicaux de l'ex-chirurgien militaire une haute estime, inspirée par l'opinion unanime de leurs amis communs. Tous les camarades de Longuemare lui connaissaient l'œil et la main d'un maître.

Il répondit à Nouilhac :

— Vos bains sont dans un trou. Il n'y viendra jamais que quelque scrofuleux ou dartreux européens qui achèveront d'y moisir. Si j'y vais, c'est pour y rester hiver comme été.

Il accepta sans discussion les faibles appointements offerts par Nouilhac, lequel considérait le médecin de l'établissement comme déjà rémunéré par la nombreuse clientèle internationale qu'il ne manquerait pas de se faire.

Le lendemain Longuemare fit des courses à travers Paris pour acheter le peu d'habits, d'instruments et de livres qu'il lui fallait. Vers cinq heures du soir, comme il descendait l'avenue des Champs-Élysées, il s'arrêta devant un théâtre de Guignol. Un triple rang de curieux pesait sur la corde passée au tronc des arbres pour fermer l'enceinte réservée aux spectateurs assis et payants.

En arrière les petits enfants contemplaient
avec découragement, entre les jambes d'un militaire, la jupe de leur bonne.

Il reconnut dans la foule des spectateurs,
mais un peu à l'écart, un vieillard voûté, lourd,
bouffi de mauvaise graisse et dont le visage
blafard gardait une inertie désolée. Il portait
une redingote jaunâtre au collet et aux épaules,
et qui, remontant par derrière, laissait pendre
sur le devant la pointe de ses deux pans. Ce
vieillard regardait Guignol ou plutôt fixait
dans sa direction, entre ciel et terre, un regard
tout particulier.

Longuemare, en reconnaissant M. Fellaire
de Sisac, se sentit remué, et tous ses souvenirs remontèrent ensemble à la surface de
son âme.

M. Fellaire lui serra la main en cherchant
une phrase qu'il ne trouva pas. Longuemare,
avec je ne sais quelle pitié, quelle tendresse
brusque, lui dit :

— Venez, je vous emmène.

— Cela se trouve bien, répondit M. Fellaire.
Justement je n'ai pas d'affaires ce soir.

Il dit qu'il demeurait rue Truffaut, au fond
des Batignolles.

— Ce n'est pas très central, ajouta-t-il ; mais avec les tramways...

Ils s'assirent, à la brune, dans la salle enfumée d'une gargote de la rue Montmartre. Ils se regardaient, surpris, ne sachant plus s'il y avait un jour ou cent ans qu'ils ne s'étaient vus.

Ils ne parlèrent pas d'elle. Mais tous deux la voyaient à leur côté.

Longuemare, en cassant des noisettes, dit qu'il partait pour le Mont-Dore et ce qu'il y allait faire. Il redit simplement :

— Je vous emmène.

Le vieillard roula des yeux effarés :

— Quitter Paris ! s'écria-t-il, ce n'est pas possible ! Et les affaires ! On ne vit qu'à Paris.

Longuemare, navré de pitié, ne put s'empêcher de sourire.

— Venez donc ! Là-bas vous serez inspecteur, contrôleur, régisseur.

Ces titres frappèrent la pauvre tête du vieillard, qui déclara que « son concours était acquis à une entreprise dont... et pour laquelle... enfin, que si son expérience pouvait être de quelque utilité... » Ils prirent rendez-vous pour le lendemain. Longuemare, en repassant le pont, songeait :

— C'est plus fort que moi, je me figure qu'il est mon beau-père.

La saison des bains ne fut pas trop mauvaise pour Nouilhac. Quelques Russes et une famille de Lyonnais vinrent prendre les eaux à son établissement. M. Fellaire se tenait près de la source et goûtait l'eau d'un air capable. Ses attributions n'étaient pas bien définies. Nouilhac n'aurait certainement pas admis M. Fellaire dans son personnel. Il le payait toutefois, mais avec l'argent de Longuemare.

— Faites-lui croire que vous lui donnez des appointements, avait dit le médecin, et surtout cachez-lui bien que ce sont les miens qu'il touche. Quant à moi, je m'arrangerai.

Il donna quelques consultations à des Russes et fut appelé dans la montagne pour quelques pieds démis le dimanche, au sortir du cabaret.

Les voyageurs partirent avec les hirondelles, non comme elles en compagnie, mais par couples ou seuls, les uns après les autres.

L'hiver vint. La neige couvrait la vallée. Sur les prismes du porphyre et les anfractuosités noires des puys de granit, la glace pendait en stalactites. Sur les pentes, la brume faisait voir

les sapins agrandis et vagues comme des fan-
tômes. L'horizon était fermé par une mer de
ténèbres. Sur les murs de l'établissement
thermal, les peintures rouges et brunes, de
goût antique, s'écaillaient. En face, dans la
salle basse de l'hôtel de César, M. Fellaire
jouait aux dominos avec l'hôtelier. Longuemare, les pieds sur les chenets, fumait sa pipe.
Il se tâta le poignet gauche avec le pouce droit,
puis, se parlant tout bas à lui-même :

— Fièvre, murmura-t-il, tension et douleur
aiguë dans l'hypocondre, toux, oppression,
douleur sympathique dans l'épaule droite.
Rien n'y manque : c'est une belle tite que
j'ai là.

Et, pour la première fois depuis un an quatre
mois et six jours, il sourit.

LE CHAT MAIGRE

1

Les bourrasques de novembre fouettaient depuis trois jours le faubourg populeux, que les premières ombres de la nuit revêtaient déjà. Des flaques d'eau miroitaient sous les becs de gaz. Une boue noire, délayée par les pas des hommes et des chevaux, couvrait le trottoir et la chaussée. Les ouvriers, portant leurs outils sur le dos, et les femmes, revenant de chez le traiteur avec des portions de bœuf entre deux assiettes, marchaient sous la pluie en tendant le dos, dans la morne attitude des bêtes de somme.

M. Godet-Laterrasse, serré dans ses vête-ments noirs, montait avec le peuple la voie

boueuse qui mène au faîte de Montmartre.
Sous son parapluie qui, fatigué par d'anciens
orages, palpitait au vent comme l'aile d'un
gros oiseau blessé, M. Godet-Laterrasse portait
haut la tête. Sa mâchoire étant proémi-
nente et son front déprimé, prenait sans peine
une attitude horizontale et ses yeux pouvaient,
sans se lever, voir, à travers les trous du
taffetas, le ciel fuligineux. Marchant tantôt avec
une hâte fébrile, tantôt avec une lenteur son-
geuse, il s'engagea dans une impasse noire et
boueuse, longea les lattes moisies de la char-
mille effeuillée qui borde l'établissement des
bains, et, après un moment d'hésitation, entra
dans une gargote où des gens vêtus comme
lui, d'un drap noir, mince et fripé, mangeaient
silencieusement dans une atmosphère de graisse
tiède, compliquée d'une écœurante odeur de
barèges, due au voisinage des bains.

M. Godet-Laterrasse salua la dame du
comptoir selon sa méthode, qui consistait à
renverser la tête en arrière avec un sourire
grave. Puis, ayant accroché à la patère son
chapeau luisant et sillonné de cassures, il
s'assit devant une petite table de marbre gras
et lissa ses cheveux par le geste qui accom-

pagnait d'ordinaire ses méditations. Le gaz,
qui chantait en brûlant, éclairait les cheveux
laineux de cet homme, sa face de mulâtre dont
la peau, à demi lavée par la neige et l'eau des
hivers d'Europe, semblait sale, et jusqu'à ses
mains ridées, dont les ongles plats étaient
marqués à l'extrémité de virgules laiteuses.

Sans appeler le garçon, sans regarder du côté
du comptoir, il tira de sa poche un journal qu'il
lut de très haut. Il interrompit à peine sa lecture
pour manger de cette tête de veau qui avait déjà
paru par portions devant tous les convives silencieux et résignés. Ceux-ci s'évanouissaient l'un
après l'autre dans l'ombre et dans la pluie. Un
h al, édenté et morne, s'attardait encore sur des
raisins secs. Et le mulâtre, ayant vidé son
carafon, au fond duquel restait un résidu de lie
et d'écorce, s'essuya la bouche, plia sa serviette,
mit son journal dans sa poche, contre sa
poitrine, avec le geste d'un lutteur qui étreint
son adversaire, se leva, décrocha son chapeau
et fit un pas vers la porte. Il s'élançait déjà dans
la nuit humide quand un petit homme violacé
et tout suintant de graisse déboucha d'une porte
bâtarde, noircie par des mains grasses, et
s'avança dans la salle en boitant. M. Godet-

11

Laterrasse fit au patron du restaurant son salut en arrière.

— Bonjour, monsieur Godet, dit l'homme gras. Voilà un bien mauvais temps, et qui fait beaucoup de mal! A propos, monsieur Godet, si vous pouviez demain me donner un petit acompte, vous me feriez plaisir. Je ne suis pas homme à vous tourmenter, vous le savez bien; mais j'ai un fort paiement à faire cette semaine.

M. Godet-Laterrasse répondit avec un accent à la fois oratoire et enfantin et sans prononcer les *r*, qu'on lui devait de l'argent, qu'il irait sans faute, le lendemain même, chercher une somme quelconque chez son éditeur ou au journal, qu'il ne savait vraiment pas comment il avait pu oublier la note du restaurateur, et que c'était une bagatelle.

L'homme gras ne parut pas ébloui par cette promesse. Il reprit d'un ton dolent :

— Ne m'oubliez pas, monsieur Godet. Bonsoir, monsieur Godet.

Et M. Godet-Laterrasse entra à son tour dans les ténèbres rayées de pluie, où s'étaient dissipés jusqu'au dernier les maigres pensionnaires de l'impasse du Baigneur. Tous les chemins de la terre étaient ouverts devant

lui. Il prit celui des buttes, que la tempête
assiégeait et que noyait une pluie obstinée. Un
tourbillon de vent voulut déraciner le mulâtre;
un souffle traître prit son parapluie en dessous
et le retourna brusquement. M. Godet-Laterrasse rétablit la concavité première de cet
appareil domestique; mais le taffetas, rompu de
toutes parts, flotta comme un drapeau noir sur
l'armature dénudée. M. Godet-Laterrasse gravis-
sait, sous ce pavillon grotesque et sinistre,
les roides escaliers du passage Cotin, changé
en torrent. Il n'entendait que le claquement
de ses semelles sur l'eau et les dialogues
mystérieux des vents. Visibles pour lui seul, les
ombres vagues d'un éditeur et d'un directeur
de journal fuyaient bien loin devant lui. Il
monta quatre-vingts marches et s'arrêta devant
une petite porte sous une lanterne en potence
qui clignait comme un œil malade et dont la
poulie grinçait. Entré dans la maison, il glissa
furtivement devant la loge du concierge.

Mais quelques coups frappés contre la cloison
le rappelèrent. Il ouvrit la porte vitrée avec une
sorte d'angoisse. Une voix aigre et sans sexe,
sortie d'une alcôve, l'avertit qu'il y avait une
lettre pour lui sur la commode.

Il prit la lettre, descendit cinq marches gluantes et entra dans sa chambre. Aux premières lueurs de sa bougie il examina d'un œil soupçonneux l'enveloppe de la lettre.

C'est quel depuis longtemps la poste ne lui apportait rien d'heureux. Mais, quand il eut rompu le cachet et commencé de lire, il découvrit ses dents blanches par un sourire naïf. Sa nature enfantine, flétrie par la misère, s'égayait à la moindre clémence des choses. En ce moment-là, il était heureux de vivre.

Il retourna toutes ses poches pour recueillir une poussière de tabac mêlée de croûtes de pain et de flocons de laine dont il bourra sa pipe courte; puis, s'étant coulé voluptueusement sous les draps sales de son lit-canapé, il se mit à chantonner à mi-voix la lettre qui l'avait fait sourire.

Cher monsieur,

Je suis de passage à Paris avec mon fils Remi que j'amène de Nantes où il a fait ses études. J'ai songé à vous pour le préparer au baccalauréat. En éducation, comme dans le reste, je suis partisan des idées avancées. Voulez-vous venir déjeuner avec nous demain samedi à 11 heures, au Grand-Hôtel, pour nous entendre?

Tout à vous.

A. *Sainte-Lucie.*

M. Godet-Laterrasse, ayant terminé le chant de cette lettre, alluma sa pipe et s'enveloppa de fumée et de rêves. Quelle caresse de la fortune que cette lettre inattendue! Il avait connu à Paris, vers la fin de l'empire, chez quelque notabilité du monde démocratique, M. Sainte-Lucie, qui lui avait même rendu visite. « C'était, songeait le mulâtre, c'était du temps où j'écrivais des articles pour la *Grande encyclopédie universelle*. J'habitais alors une belle chambre meublée dans un hôtel de la rue de Seine. Et je dois même avoir encore la carte de cet aimable visiteur. » Étendant son bras maigre et brun, il saisit sur la cheminée une vieille boîte à cigares, pleine de papiers qu'il se mit à fouiller.

On avait, sans doute, en déménageant, renversé d'un coup dans cette boîte tout le contenu d'un tiroir lentement rempli, car les papiers qu'il trouva les premiers étaient les plus

anciens. Il ouvrit une enveloppe qui ne lui
rappelait que des souvenirs lointains et confus.
« Ah! songeait-il, c'est une lettre de mon pauvre
frère qui vend du café à Saint-Paul. Il n'était
pas attiré vers Paris, lui; il n'était pas travaillé
comme moi par l'Idée! » Et M. Godet-Laterrasse lut au hasard :

« Tu as dû apprendre par les journaux qu'un
cyclone a passé sur Bourbon et détruit toutes les
plantations. Je me suis mis dans le guano. Et
toi, écris-tu toujours des blagues dans les canards
parisiens? »

— Le malheureux! le malheureux, murmura
M. Godet-Laterrasse, accoudé sur son oreiller.
Et, déployant une autre lettre de la même
main, il lut encore :

« Je ne puis t'envoyer d'argent parce que les
cafés ayant donné, j'ai dû employer tous mes
capitaux disponibles à acheter ferme, pendant
que le marché était encombré de produits à vil
prix. J'ai fait une magnifique affaire. Tu
comprendras donc qu'il m'est impossible de
t'envoyer de l'argent. Durand, qui revient de

Paris, m'a dit que tu donnais dans les réunions publiques et dans les émeutes des boulevards. Tu te feras casser la tête et les amis diront que tu étais de la police. Quand tu seras fatigué de ton rôle de jobard, reviens à Bourbon. Tu garderas mes magasins. C'est un métier de paresseux qui te convient parfaitement. »

— Garder ses magasins, quel blasphème! s'écria M. Godet-Laterrasse.

Et il rejeta la lettre impie. Le fond de la boîte était bourré de convocations à des enterrements civils, de jugements et d'assignations, de factures et de petits papiers découpés dans des journaux. Sur un de ceux-là, au revers duquel était une annonce de pédicure avec un pied nu sur un tabouret, il relut ces lignes qui réveillèrent un sourire sur sa face naïve :

Un de nos plus vaillants esprits, un des plus hardis pionniers du progrès, M. Godet-Laterrasse, créole de la Réunion, met la dernière main à son grand livre : *De la régénération des sociétés par la race noire.* Un des principaux chapitres de cet important ouvrage paraîtra incessamment dans l'*Entonnoir littéraire.*

Hélas! pensa M. Godet-Laterrasse, quand le chapitre allait paraître l'*Entonnoir littéraire* mourut. Que de journaux périssent ainsi dans leur fleur!

Enfin, il trouva dans une poignée de cartes de visite la carte qu'il cherchait. Il la considéra attentivement et la relut :

ALIDOR SAINTE-LUCIE

AVOCAT

Ancien ministre de l'Instruction publique et de la Marine, membre de la Chambre des députés, président de la Commission artistique haïtienne,

A Paris, au Grand-Hôtel.

Et, dans la fumée qui remplissait la chambre, M. Godet-Laterrasse se représenta le gigantesque mulâtre qui venait d'Haïti plein d'or et de sourires. Puis il souffla la bougie et s'endormit.

Ses rêves furent peuplés de spectres. L'ombre du cabaretier de l'impasse du Baigneur s'avançait en boitant et répétait avec une douceur terrible : « Pensez à moi, monsieur Godet. »

Il était près de neuf heures et il pleuvait

encore quand une lueur de jour entra dans la chambre; c'était le reflet dégoûtant d'une lumière plusieurs fois souillée avant d'arriver jusque-là. La chambre n'avait de vue que sur le mur de soutènement de la maison voisine, qui dominait de ses cinq étages de plâtre tous les toits du passage. Ce mur de moellon bombé, lézardé, crevé, suintant, verdâtre et terminé par la galerie de brique d'une terrasse à l'italienne, s'élevait de cinq ou six mètres au-dessus de la chambre de M. Godet-Laterrasse et la revêtait d'une ombre éternelle. La fenêtre n'était séparée du mur que par une allée marécageuse, large de deux pas, semée de feuilles de salades, de coquilles d'œufs et de débris de cerfs-volants. Le mulâtre, à son réveil, regarda les vitres ruisselantes et souleva ses bottes lourdes, dont les semelles avaient laissé une trace humide sur le parquet. Il les chaussa pourtant, et, ayant achevé sa toilette austère et saisi les ruines de son parapluie, il sortit de sa chambre. En passant devant la loge, d'où sortaient des grognements confus :

— Madame Alexandre, dit-il, je m'occupe de votre petit compte.

Il monta les dix plus hautes marches du
passage Cotin, longea, dans un fleuve de
boue, la façade désolée du chalet suisse et
les chantiers de l'église du Vœu national. Au
bas de la rue Lepic, il s'arrêta court pour ne
pas marcher sur deux brins de paille collés en
croix par la pluie au trottoir, devant la boutique d'un emballeur, Ayant conjuré ce péril,
(car il ne doutait pas que marcher sur une
croix ne fût un présage de malheur), il reprit
sa grandeur d'âme et releva sa tête sublime.
Il s'avançait en conquérant intellectuel vers
le cœur de Paris et portait haut l'armature à
huit pointes de son parapluie dévasté, qui
semblait l'arme compliquée d'un guerrier
sauvage.

II

M. Alidor Sainte-Lucie, fils d'un riche
négociant de Port-au-Prince, fit son droit
à Paris et retourna à Haïti pour assister
au sacre de Soulouque, couronné empereur
sous le nom de Faustin Ier. Homme de couleur et riche, il avait tout à craindre de Sa
Majesté noire. Il alla bravement au-devant du
danger et se fit remarquer au palais impérial
par son zèle à soutenir la politique noire du
souverain. Nommé procureur général près la
cour impériale de Port-au-Prince, il fit fusiller
sans méchanceté quelques-uns de ses conci-
toyens. Il accepta de l'empereur le portefeuille
de l'Instruction publique et celui de la Marine;

mais, voyant croître dans l'ombre une opposition énergique, il prit un congé et alla faire une promenade en France.

De Paris, il s'associa par de chaleureuses lettres à la révolution qui mit fin aux gaietés sanglantes de l'empire noir, et revint à Haïti pour se faire nommer membre de la Chambre des députés. Son premier acte dans l'assemblée fut de déposer un projet « tendant » à l'érection d'un monument expiatoire consacré aux mânes des victimes de la tyrannie. Il y avait quelques-unes de ces victimes auxquelles l'ancien procureur impérial devait bien un tombeau.

Le projet fut pris en considération, la proposition votée et le citoyen Alidor Sainte-Lucie nommé président de la commission chargée de faire exécuter cette œuvre nationale. M. Alidor comprit tout le parti qu'il pouvait tirer de cette présidence. Pour peu qu'on fusillât dans l'île, il prenait son passeport et s'en allait demander aux artistes de Paris quelques projets de monument expiatoire. Il adorait Paris, à cause des petits théâtres et des cafés politiques. Après vingt ans, la commission artistique fonctionnait encore.

M. Alidor Sainte-Lucie était alors un
très beau mulâtre, colossâl et souple. Portant bien sa large face cuivrée, il avait,
malgré son nez épaté, une grande mine, surtout depuis que le sommet de son front,
dégarni de cheveux, brillait comme un bronze
clair. Sans daigner rien dissimuler de sa
robuste vieillesse, il portait, taillée de près
aux ciseaux, sa barbe grisonnante. Soigneux
de sa personne, il aimait les gilets blancs et
les escarpins vernis, et s'imprégnait de par-
fums à la fois capiteux et fades.

C'est ainsi parfumé, et sa puissante encolure
bien prise dans une jaquette de coupe anglaise,
qu'il se promenait de long en large dans sa
chambre d'hôtel, en attendant le précepteur,
tandis que son fils crayonnait des bonshommes
sur une couverture de livre et que le garçon
de service dressait près du feu une table de
trois couverts.

Les meubles étaient encombrés par les
maquettes, les esquisses, les ébauches, les
photographies, les plans, les épures, les lavis
et les devis du monument commémoratif des
victimes de la tyrannie. Il y avait sur la console une petite pyramide de plâtre peint, cou-

verte de palmes d'or, et sur le secrétaire une
colonne de terre cuite surmontée d'une espèce
de singe ailé, avec cette inscription sur le
socle : *Au Génie de la Liberté noire*. Une photographie posée sur la cheminée, contre la
glace, représentait une négresse debout devant
un sarcophage sur lequel elle déposait un rou-
leau de papier portant ces simples mots :
*Commission artistique, Monsieur Sainte-Lucie
président*. Rien de plus.

A terre, une main de fonte à demi ouverte,
une main géante sortait d'un rideau comme
d'une manche à sa taille et portait au poing
cette étiquette : *Détail d'exécution. Projet* 17.
E. D.

Trois petits pains dorés reposaient sur les
serviettes. M. Sainte-Lucie regarda la pen-
dule. Soit que la croûte des pains vernis
au blanc d'œuf eût réveillé ses appétits, soit
qu'il craignît d'attendre, ses yeux de velours,
qui tout à l'heure coulaient avec une si douce
lumière sous leurs paupières un peu tendues,
jetèrent subitement une lueur fauve. Mais
ils redevinrent caressants quand M. Godet-
Laterrasse apparut sous la portière écartée
par le garçon de service. On ne vit d'abord

qu'un menton surmontant une longue pomme
d'Adam échappée d'une cravate de cotonnade
blanche : M. Godet-Laterrasse saluait.

— Mon fils, Remi, dit M. Sainte-Lucie
en présentant le jeune homme, qui, con-
sentant à laisser un croquis inachevé, s'approcha avec un déhanchement paresseux.

C'était un beau garçon d'un teint olivâtre
très pur. Il roulait des yeux ennuyés et
semblait tendre au hasard sa grosse bouche
sensuelle.

On se mit à table. M. Sainte-Lucie était
deux fois plus large que M. Godet-Laterrasse. Le mulâtre d'Haïti avait un teint
chaud et doré qui semblait plus riche encore
auprès de cette couleur de suie mal essuyée
dont l'autre était barbouillé. Le mulâtre de
Bourbon était chétif, fripé, crotté. Mais
l'expression d'emphase naïve et d'orgueil
enfantin empreinte sur son visage inspirait
pour lui cette pitié sympathique qui s'attache
aux chiens savants et aux génies malheureux.

L'affaire qui les réunissait fut traitée entre
les rognons sautés et les petits pois au sucre.
M. Godet-Laterrasse provoqua les explications.

— Eh bien! mon ami, dit-il à son futur élève, en lui tapant sur l'épaule, nous allons donc prendre nos grades dans la vieille Université?

M. Alidor, ainsi amorcé, dit en émiettant son pain avec nonchalance :

— Comme je vous l'ai écrit, mon cher Godet, et, par parenthèse, j'ai eu du mal à trouver votre adresse. C'est Brandt... Vous savez, Brandt, le tailleur, qui l'a découverte par le plus grand des hasards. Il vous cherchait aussi à ce qu'il paraît.

— C'est possible, dit M. Godet-Laterrasse, en faisant dans le vide le geste d'écarter quelque chose.

— Comme je vous l'ai écrit, je compte sur vous pour préparer ce gaillard-là au baccalauréat, et en faire un homme.

M. Godet-Laterrasse redressa son buste contre le dossier de sa chaise, plaça son visage horizontalement et dit :

— Avant tout, mon cher Sainte-Lucie, je dois vous faire ma profession de foi. Je suis inébranlable sur les principes. Je suis l'homme de fer qu'on brise mais qu'on ne plie pas.

— Je sais, je sais, dit M. Sainte-Lucie en continuant d'émietter son pain.

— L'éducation que je donnerai à monsieur votre fils sera une éducation essentiellement libre.

— Je sais, je sais...

— C'est le baccalauréat civique que je ferai passer glorieusement à notre Remi. Je préparerai en lui moins encore le lauréat de l'Université que le législateur de la République haïtienne. Et que m'importe, à moi, cette vieille fée pédante qu'on nomme l'Université!

L'ancien ministre, homme éloquent mais pratique, lui fit signe du sourcil de ne pas parler ainsi devant son élève. Mais le précepteur libre, emporté par la sublimité de ses propres idées :

— L'Université, s'écria-t-il, c'est le monopole! L'Université, c'est la routine! L'Université, c'est l'ennemie! Guerre à l'Université!

Puis, posant la main sur l'épaule du jeune mulâtre, plus indifférent que surpris :

— Mon ami, si je vous prépare au baccalauréat, je vous enseignerai les vérités primordiales. Et quand, au sortir de mes mains, vous vous présenterez en Sorbonne devant les examinateurs, vous serez leur juge encore plus qu'ils ne seront les vôtres. Vous pourrez dire

aux Caro et aux Taillandier : « J'ai des principes et vous n'en avez pas. C'est un homme
de fer, c'est Godet-Laterrasse qui a formé mon
esprit. » Ah! ils me connaîtront un jour, ces
messieurs!

Pendant ce discours, le jeune Remi, très
tranquille, tirait subrepticement du sucrier
des morceaux de sucre qu'il fourrait dans ses
poches.

M. Alidor était naturellement enclin à goûter
l'éloquence; une semblable préparation au
baccalauréat lui semblait belle, mais péril-
leuse. Fort entêté par caractère, il ne démor-
dit pas de son idée de confier son fils au créole
de Bourbon.

— Remi, dit-il, en tirant nonchalamment un
louis de sa poche, va chercher des cigares en
bas, et dis que c'est pour moi.

Resté seul avec son hôte, il émietta encore
son pain et resta silencieux. Il avait une façon
spéciale de se taire qui était mystérieuse et
imposante. Puis, de sa voix douce d'homme
fort, il représenta au futur précepteur qu'il
s'agissait d'une préparation au baccalauréat,
c'est-à-dire d'une entreprise essentiellement
pratique, que les programmes devaient être

suivis à la lettre, et qu'en somme il était question de grec et de latin bien plus que de vérités
primordiales.

— Parfaitement, parfaitement, répondit
l'homme de fer.

Il lui fut demandé s'il avait déjà professé.
Sa réponse fut vague. On dut toucher la question d'argent.

L'ancien ministre pria le précepteur d'accepter
des appointements mensuels de deux cents
francs.

Mais M. Godet-Laterrasse, la tête totalement révulsée, fit le geste d'écarter ces bagatelles.

Remi revint avec des cigares. Un très bel
homme svelte, et dont la barbe d'or descendait sur la poitrine, entra dans la chambre
avec lui et n'ôta pas le petit chapeau mou
qu'il portait en manière de toque sur sa nuque
chevelue.

— Soyez le bienvenu, Labanne, dit M. Sainte-
Lucie sans se lever. Voulez-vous un cigare?

Mais Labanne, sans rien répondre, tira de sa
poche une pipe d'ambre et d'écume et une
blague aux armes de Bretagne. Puis, il fit le
tour de la pièce et examina en connaisseur la

photographie placée sur la cheminée. Enfin, jetant un regard de côté sur la colonne de terre cuite :

— Quel est, dit-il, le fumiste qui vous a fourni ce modèle de tuyau de poêle?

Il se tourna ensuite vers la pyramide dorée, affecta la curiosité, cligna de l'œil et dit :

— On a oublié de faire une fente pour couler les sous.

Les autres ne comprenaient pas. Il ajouta :

— Dame! Ça ne peut être qu'une tirelire, cette machine-là.

— Que voulez-vous? répondit philosophiquement M. Sainte-Lucie. Je prends ce qu'on me donne. Vous ne m'apportez pas votre projet, vous, Labanne.

— J'y travaille, répondit le sculpteur. Pas plus tard qu'hier, j'ai lu dans un journal de médecine un article des plus curieux sur le *pigmentum* de la race noire. Et j'ai acheté ce matin, sur le quai Voltaire, chez un bouquiniste de mes amis, un traité de la constitution géologique des Antilles.

— Et pourquoi faire? demanda M. Sainte-Lucie absolument dérouté, bien qu'il connût son homme.

— Si je veux exécuter mon projet de sculpture, répondit Labanne d'un ton dédaigneux, il faut qu'avant de toucher seulement à la glaise, j'aie lu quinze cents volumes. Tout est dans tout. C'est un procédé artificiel et coupable que de traiter isolément un sujet quelconque... Tiens! vous voilà, Godet! par quel hasard? Je ne vous avais pas aperçu.

Le mulâtre de Bourbon, accoudé à la tablette de la cheminée et la main droite passée entre deux boutons de sa redingote, sourit amèrement.

Le sculpteur, ayant allumé sa pipe, poursuivit :

— Je ne suis pas une force de la nature, une force brute, moi. Je ne suis pas comme l'oiseau qui a pondu ce singe-là (et il désignait du tuyau de sa pipe le Génie de la Liberté noire). Je suis une intelligence, une conscience, et je mets une pensée dans ma sculpture.

M. Alidor Sainte-Lucie approuva de la tête. Mais il insista pour obtenir du sculpteur un simple croquis, une esquisse qu'il voulait soumettre à la commission. Il devait partir pour Haïti dans une huitaine de jours.

Labanne, couché sur le canapé, était perdu dans une méditation profonde.

Enfin, après avoir secoué la cendre de sa pipe et craché sur le tapis, il contempla la rosace du plafond et dit :

— De quel droit créons-nous des êtres imaginaires? Phidias ou Michel-Ange ou Machin fait une figure qui a l'apparence de la vie, qui s'impose aux yeux, qui pénètre les imaginations. C'est l'Athènè du Parthénon, le Moïse ou la Nymphe d'Asnières. On en parle, on en rêve. Et voilà un être de plus dans le monde! Que vient-il y faire?

» Il vient perturber les intelligences, corrompre les cœurs, égarer les sens et se moquer du public. Toute œuvre d'art, toute création du génie humain est une dangereuse illusion et une tromperie coupable. Les sculpteurs, les peintres et les poètes sont des menteurs magnifiques et des coquins sublimes, rien de plus. Moi qui vous parle, j'ai été pendant six mois amoureux comme une bête de l'Antiope du Salon carré. C'est-à-dire que, pendant six mois, ce scélérat de Corrège s'était moqué de moi.

» Connaissez-vous mon ami Branchut, le mora-

liste? Il est laid, mais il l'ignore. Il est pauvre
et plein de génie. Il sait le grec à faire l'éton-
nement des cafés et il a lu Hégel. Il vit d'un
petit pain et boit aux bornes-fontaines. Ayant
terminé son repas d'oiseau, il écrit des choses
sublimes dans les jardins publics ou, s'il pleut,
sous les portes cochères. Il vient, quand il y
pense, coucher dans mon atelier. Il écrivit
même, une nuit, sur la muraille, un commentaire très subtil et très savant du *Phédon*. Tel est
Branchut. L'an passé, je lui prêtai un habit et
je le conduisis chez une princesse russe dont
j'avais dû faire le buste. Mais elle voulait ce
buste en marbre et je ne le voyais qu'en bronze.
On ne peut réaliser que ce qu'on voit et le
buste ne fut pas fait. La princesse cherchait un
professeur de littérature pour sa fille Fédora,
qui était très belle. Je proposai Branchut, qui
fut agréé. Sur ma recommandation et sur sa
mauvaise mine, on lui paya un mois d'avance.
Il s'acheta deux chemises, loua une chambre en
garni et connut le cervelas. A la sixième leçon,
tandis qu'il expliquait le mécanisme de
l'épopée homérique, il pinça furieusement à la
taille mademoiselle Fédora, qui s'enfuit en
poussant des cris aigus. Le moraliste attendit,

prêt à réparer sa faute. Il eût épousé sa noble
élève, s'il eût fallu. Mais on le jeta à la porte.
Je le trouvai le soir dans mon atelier. « Hélas!
s'écria-t-il en pleurant, c'est Saint-Preux qui
m'a perdu. O Julie! O Jean-Jacques! » — Ainsi
donc, Rousseau n'avait écrit son roman magnifique et passionné et n'avait créé sa

« Julie, amante faible et tombée avec gloire, »

que pour faire faire une sottise à mon ami
Branchut, le moraliste.

M. Alidor Sainte-Lucie contint un bâille-
ment. Son fils, les deux poings dans les joues,
écoutait comme au théâtre. M. Godet-Laterrasse, l'œil ardent et la poitrine bombée, préparait une réplique foudroyante. Mais Labanne
se leva, s'approcha du guéridon, y prit un
numéro de journal et, tandis qu'il en déchirait
un morceau pour rallumer sa pipe, il suivait
de l'œil, avec son instinct de grand liseur, les
lignes imprimées.

— Dites donc, Sainte-Lucie, demanda-t-il,
est-ce que vous croyez à la démocratie, vous?

A ces mots, M. Godet-Laterrasse fit, en se
redressant, le bruit sec d'un pistolet qu'on

arme. Mais l'ancien ministre ne répondit que par un sourire énigmatique.

Labanne fit sa profession de foi. Il aimait les aristocraties. Il les voulait fortes, magnifiques et violentes. Elles seules, disait-il, avaient fait fleurir les arts. Il regrettait les mœurs élégantes et cruelles d'une noblesse militaire.

— Quelle époque mesquine que la nôtre! ajouta-t-il. En privant la politique de ses deux attributs nécessaires, le poignard et le poison, vous l'avez rendue innocente, niaise, bête, bavarde et bourgeoise. Faute d'un Borgia, la société se meurt. Vous n'aurez ni statues de style, ni palais de marbre, ni courtisanes éloquentes et magnanimes, ni sonnets ciselés, ni concerts dans des jardins, ni coupes d'or, ni crimes exquis, ni périls, ni aventures. Vous serez heureux platement, bêtement, à en crever. Ainsi soit-il!

Depuis quelques instants, M. Godet-Laterrasse faisait des petits mouvements saccadés, comme un homme qui se contient mal.

— A merveille! s'écria-t-il, à merveille! Vous avez beaucoup d'esprit, monsieur Labanne. Mais, sachez-le : il y a des railleries qui sont des blasphèmes.

Il prit son chapeau, serra la main à son élève et entraîna dans l'antichambre M. Alidor, à qui il avait quelques mots à dire.

Labanne entendit tinter de l'argent et M. Alidor reparut.

— Quel naïf! lui dit Labanne. Mais il n'est pas méchant.

— Chut!... fit l'autre. Et il dit quelques mots à l'oreille de Labanne, qui répondit :

— Si j'avais prévu que vous eussiez besoin d'un précepteur, je vous aurais envoyé mon ami Branchut, le moraliste. Je retourne au *quartier*. Adieu.

Il désignait ainsi le quartier par excellence, le quartier Latin.

M. Sainte-Lucie pria le sculpteur d'indiquer à Remi, qui ne connaissait pas Paris, un hôtel convenable, dans les environs du Luxembourg.

Déjà Labanne, qui caressait sa barbe rutilante, et Remi dont la taille, par un caractère de race, semblait dévissée, descendaient côte à côte l'escalier doré de l'hôtel, quand M. Sainte-Lucie, penché sur la rampe, rappela son fils et lui dit ;

— Je t'avertis de suite, de peur de l'oublier,

que très probablement je n'irai pas voir le
général Télémaque. Mais en lui rendant visite
tu ne me déplairas nullement et tu feras plaisir
à ta mère. Télémaque demeure à Courbevoie,
près de la caserne. Adieu, adieu.

III

Remi se rappelait très vaguement sa maison
natale de Port-au-Prince, cet hôtel seigneurial,
de style Louis XVI, plein de statues mutilées
et d'emblèmes effacés à demi, ce vestibule
crevé, effondré, planté de bananiers, ces lourds
fauteuils d'acajou à têtes de sphinx dans lesquels il dormait à l'ombre, dans le grand silence
du midi; la ville basse, lumineuse, bigarrée,
amusante comme un grand bazar, et le magasin
de la marraine Olivette. Que de fois, caché
derrière des caisses, il avait volé à la négresse
des bananes ou des sapotilles! Il se rappelait
sa mère, dont les yeux de braise, le nez impé-
rieux, la bouche avide et la magnifique poitrine

de bronze, s'échappant d'un corsage de mousseline blanche, avaient imprimé leur image dans la mémoire de l'enfant. Que de fois il l'avait vue, empreinte d'un parfum violent, la tête renversée en arrière et les yeux noyés, exaspérer par quelque réponse brève et dédaigneuse M. Alidor, qui un jour se jeta sur elle en grinçant des dents et abattit sa canne sur les plus belles épaules des Antilles.

Mais Remi avait vu bien d'autres choses. Il avait vu le bombardement et l'incendie de Port-au-Prince, les pillages, les massacres, les exécutions et encore des massacres et des exécutions. Il avait vu sa marraine Olivette gisant assommée au milieu de ses tonneaux défoncés, entre ses assassins ivres-morts de wisky.

C'est vers cette époque qu'ayant fait une longue traversée, il débarqua un soir dans une ville magnifiquement éclairée. La France lui plut tout d'abord. Il fut mis, à Nantes, dans une pension de la rue du Château ; là, il traîna de bancs en bancs, en grelottant sans cesse, une vie monotone et ennuyée. Pendant les longues études, il suçait des dragées et dessinait des caricatures. Chaque jeudi et chaque dimanche de l'année, les élèves, déroulés deux

de front en longue file, faisaient une promenade
sous les vieux ormeaux de la Fosse, au bord
de la Loire, large et blonde. Il n'aimait pas
ces courses au vent et à la pluie. Pour s'en
dispenser, il se faisait admettre par ses grimaces à l'infirmerie, où il se pelotonnait sous
ses couvertures comme un boa dans une vitrine
de muséum. Mais il avait un jarret d'acier pour
sauter par-dessus les murs de l'établissement
et courir acheter à l'autre bout de la ville du
rhum avec lequel on faisait un punch, la nuit,
dans le dortoir. Il prit ses études en douceur,
fit sur ses cahiers le portrait de tous ses maîtres,
passa en rhétorique, n'y apprit rien, y oublia
tout, fut expédié à Paris et confié aux soins de
M. Godet-Laterrasse.

Or, M. Sainte-Lucie était en mer depuis trois
semaines et le précepteur avait déjà commencé
son œuvre pédagogique en promenant son
élève sur des impériales d'omnibus du boulevard Saint-Michel aux buttes Montmartre et de
la Madeleine à la Bastille. Puis il avait disparu
pendant huit jours. Remi, installé par Labanne
sous les toits d'un fort bon hôtel de la rue des
Feuillantines, se levait à midi, s'en allait
déjeuner, se promenait au soleil, en contem-

plant, par un reste de génie sauvage, les
verreries étalées aux devantures des boutiques,
et, vers cinq heures, buvait à petites gorgées
son vermouth gommé. Il avait un peu oublié
son précepteur, absent depuis huit jours,
quand, le matin du neuvième, il reçut, par
télégramme de M. Godet-Laterrasse, rendez-
vous pour deux heures sur le pont des Saints-
Pères.

Il gelait ce jour-là, et une bise très âpre
soufflait sur la Seine. Remi, abrité côte à côte
avec un gardien de Paris contre le soubas-
sement de fonte d'une des quatre statues de
plâtre, faisait le gros dos et, dans son ennui,
allongeait parfois le cou pour voir décharger
sur le port Saint-Nicolas une cargaison de
cornes de bœufs. Il attendait depuis une
demi-heure et se disposait à gagner le café
le plus proche, quand M. Godet-Laterrasse,
débouchant du guichet du Louvre, apparut, un
portefeuille sous le bras.

— Je vous ai donné rendez-vous aujour-
d'hui, dit-il à Remi, pour acheter avec vous les
livres fondamentaux. Je ne m'inquiète pas des
Virgile et des Cicéron dont vous pourrez avoir
besoin et que vous trouverez sans peine chez

les bouquinistes de la rue Cujas. Je ne veux
m'occuper que des livres importants d'après lesquels vous formerez votre conscience d'homme
et de citoyen.

Ils atteignirent bientôt le quai Voltaire et
entrèrent dans une boutique de librairie.

— Avez-vous les ouvrages de Proudhon, de
Quinet, de Cabet et d'Esquiros? demanda
M. Godet-Laterrasse.

Le libraire avait ces ouvrages-là. Il en fit,
sous les yeux mêmes des acheteurs, un paquet
que Sainte-Lucie voyait avec stupéfaction
monter comme une tour.

— Monsieur, dit-il candidement au libraire,
qui déjà croisait les ficelles, monsieur, ajoutez
donc au ballot deux ou trois romans de Paul
de Kock. J'en ai commencé un à Nantes qui
m'a bien amusé. Mais mon maître d'études me
l'a pris.

Le libraire répondit d'un ton digne qu'il ne
« tenait » pas de romans, et il se disposait à
nouer les ficelles, quand M. Godet-Laterrasse
l'arrêta. Il avait réfléchi; il empruntait à son
élève les deux premiers volumes de l'Histoire
de France, de Michelet, pour y faire une
recherche. Ils se donnèrent une poignée de

main sur le trottoir. Puis, M. Godet-Laterrasse
s'écria, en grimpant sur son omnibus :

— Piochez le Quinet ce soir! hardi!

Un instant sa silhouette noire domina l'impériale; puis elle se confondit avec les profils
des hommes ordinaires qui voyageaient assis
sur la double banquette.

Le soir était venu. Remi, peu disposé à
regagner sa chambre où les livres fondamentaux devaient l'attendre, s'achemina sur le boulevard Saint-Michel, vers Bullier. Il atteignait
déjà la porte mauresque du bal public où des
étudiants, des commis de magasin et des filles
entraient en foule devant un demi-cercle
d'ouvriers et d'ouvrières attentifs, quand il
aperçut de l'autre côté de la chaussée, sous un
réverbère, la barbe d'or de Labanne. Malgré le
givre qui poudroyait les arbres, et le vent qui
fouettait la flamme du gaz, le sculpteur lisait
un article de journal.

Sainte-Lucie s'approcha du liseur.

— Excusez-moi de vous interrompre, dit-
il; car ce que vous lisez doit être bien intéressant.

— Pas du tout, répondit Labanne en mettant
le journal dans sa poche. Je lisais machinale-

ment quelque chose d'assez bête. Venez-vous
avec moi au *Chat Maigre?*

Ils s'arrêtèrent à l'endroit le plus resserré,
le plus gras, le plus noir, le plus fumeux et le
plus nauséabond de la rue Saint-Jacques et
entrèrent dans une boutique couverte de petites
tables, et dont le fond était formé par un châssis
vitré et tendu de rideaux blancs. Sur les murs,
sur le châssis, sur le plafond même, il y avait
des peintures. C'étaient, pour la plupart, des
esquisses heurtées et violentes dont les tons
vifs papillotaient sous le scintillement de deux
becs de gaz, dans une épaisse atmosphère de
fumée de pipe. Sainte-Lucie, qui aimait beaucoup les images, remarqua, en entrant, les
toiles les plus voyantes, un corbeau dans la
neige, une vieille femme nue, la tête en bas, un
aloyau de bœuf dans un journal, et surtout un
chat de gouttière découpant entre les tuyaux
de cheminée, sur la lune énorme et rousse, sa
maigre silhouette noire, arquée comme un pont
du moyen âge. Cette œuvre, d'un jeune maître
impressionniste, servait d'enseigne à l'établissement. Des jeunes gens buvaient et fumaient
autour des tables.

Une petite femme grasse, coiffée avec soin

et dont le tablier blanc à bavette se gonflait
comme une voile, regarda Labanne avec la
vivacité tendre de ses yeux dans lesquels
quelques grains de poudre à canon semblaient
pétiller sans cesse. Elle réclama au sculpteur
le chat de terre cuite qu'il avait promis d'offrir
pour être mis à la devanture entre les plats de
choucroute et les saladiers de pruneaux.

— Je songe à votre matou, ô nourrissante
Virginie, répondit Labanne, mais je ne le vois
pas encore assez maigre et assez famélique.
D'ailleurs, je n'ai encore lu que cinq ou six
volumes sur les chats.

Virginie, résignée à une longue attente,
assura Labanne qu'il était bien aimable d'amener
un nouvel ami, dit que M. Mercier et M. Dion
étaient là, et disparut derrière le châssis vitré,
dans le voisinage d'une fontaine, car on
l'entendit bientôt rincer des verres.

Les nouveaux venus s'assirent devant une
table déjà occupée par deux buveurs auxquels
Sainte-Lucie fut aussitôt présenté. Le créole
sut bientôt que M. Dion, très jeune, mince et
blond, était poète lyrique, et que M. Mercier,
petit, noir, le nez chaussé de lunettes, était
quelque chose de très vague et de très impor-

tant. Il faisait chaud dans la brasserie, et Sainte-Lucie, se sentant tout à son aise, sourit, et sa grosse bouche s'épanouit, tandis que Virginie, l'observant de son œil offensif, à travers la cloison, le trouvait très beau et très distingué, et admirait ses joues mates et claires, semblables au métal des casseroles qu'elle récurait si bien. Comme les amoureuses qui vieillissent, Virginie était très propre.

Le poète Dion demanda à Labanne, avec une douceur en même temps fade et aigrie, ce que devenait l'évêque Gozlin.

On parlait beaucoup, en effet, depuis quelque temps, au Chat Maigre, d'une statue de l'évêque Gozlin commandée, disait-on, au sculpteur Labanne, pour une des niches du nouvel hôtel de ville. Labanne admettait, sans preuve, que la commande lui était donnée, mais il ne voyait pas l'évêque Gozlin debout dans une niche. Il ne le voyait qu'assis dans sa chaire épiscopale.

Sainte-Lucie but un verre de bière.

— Vous savez, dit le jeune Dion, que nous fondons une revue. Mercier m'a promis un article. N'est-ce pas, Mercier? Vous nous ferez les beaux-arts, vous, Labanne. Monsieur Sainte-Lucie, j'espère que vous nous donnerez aussi

quelque chose. Nous comptons sur vous pour
la question coloniale.

Sainte-Lucie, qui avait vu tant de choses, ne
s'étonnait pas. Il buvait, il avait chaud, il était
heureux.

— Je suis désolé de ne pas pouvoir vous
rendre le service que vous me demandez,
répondit-il. Mais je viens de Nantes, où j'étais
en pension, et je ne suis pas au courant de la
question coloniale. D'ailleurs, je n'écris pas.

Dion fut stupéfait. Il ne comprenait pas
qu'on pût ne pas écrire. Mais il songea que les
créoles étaient des gens étranges.

— Pour moi, dit-il, je donnerai dans le premier numéro mon *amour fauve*. Vous connaissez mon *amour fauve?*

Très vieux, ployé, flétri par d'anciennes détresses,
Je veux errer sans fin dans la nuit de tes tresses.

— C'est vous qui avez fait cela? s'écria
Sainte-Lucie avec un enthousiasme sincère.
C'est très beau!

Et il vida sa chope. Il était ravi.

— Mais avez-vous des fonds pour votre
revue? demanda le sceptique Labanne.

— Certainement, répondit le poète. Ma grand'-mère m'a donné trois cents francs.

Labanne était réduit au silence. D'ailleurs, il feuilletait quelques bouquins qu'il avait achetés dans la journée sur les étalages des parapets.

— Ce volume est très curieux, disait-il en contemplant un petit livre à tranches rouges. C'est un traité de Saumaise — *Salmasius* —, sur l'usure — *de usuris*. Je le donnerai à Branchut.

Alors on songea que Branchut n'était pas venu ce soir au Chat Maigre.

— Comment va-t-il, ce pauvre Branchut du Tic? demanda le poète Dion. Tombe-t-il encore aux pieds des princesses russes? Il faut qu'il nous donne un article pour la revue.

Sainte-Lucie demanda à Labanne si ce M. Branchut du Tic était bien le professeur de littérature dont il avait été question un jour au Grand-Hôtel.

— Celui-là même, jeune homme, dit Labanne. Vous le verrez. Sachez qu'il s'appelle simplement Claude Branchut. Son nez, fort long, d'ailleurs, est agité de frissons nerveux et affecté d'un mouvement ondulatoire des plus étranges ; de là le surnom que nous lui avons donné. D'ailleurs, Caton d'Utique et Branchut du Tic sont deux stoïciens.

— Monsieur Sainte-Lucie, dit le poète, je vais vous lire mes vers, pour que vous puissiez me faire toutes vos critiques avant l'impression.

— Non ! non ! s'écria Mercier, dont le petit visage rond se contracta sous ses lunettes. Vous lui lirez vos vers quand vous serez seuls.

Alors la conversation s'engagea sur l'esthétique. Dion considérait la poésie comme la langue « naturelle et primordiale ».

Mercier répondit avec aigreur :

— Ce n'est pas le vers, c'est le cri qui est la langue primitive et naturelle. Les premiers hommes ne se sont pas écriés :

Oui, je viens dans son temple adorer l'Éternel.

» Ils disaient : hou, hou, hou ! ma, ma, ma ! couic ! D'ailleurs, êtes-vous mathématicien ? Non. Eh bien, il est inutile de discuter avec vous. Je ne discute qu'avec un adversaire qui sait la méthode mathématique.

Labanne affirma que la poésie était une

monstruosité sublime, une maladie magnifique. Pour lui, un beau poème était un beau crime, rien autre chose.

— Permettez, répliqua Mercier en rajustant ses lunettes, Jusqu'où avez-vous poussé l'analyse mathématique? Je verrai d'après vos réponses si je puis argumenter avec vous.

Sainte-Lucie se disait, en vidant une nouvelle chope :

— Mes nouveaux amis sont très singuliers, mais très agréables.

Toutefois, comme il ne comprenait littéralement rien à la discussion, qui devenait très vive, il abandonna le fil embrouillé des discours et promena sur la salle des regards naïfs et hardis. Il aperçut contre la porte vitrée du châssis les yeux chargés d'amour que la grosse Virginie fixait sur lui en essuyant ses mains rouges.

Il songea :

— C'est une femme très agréable.

Ayant bu un nouveau bock, il se confirma dans cette idée et dans cette sensation.

La brasserie s'était vidée peu à peu. Les fondateurs de la revue restaient seuls autour des soucoupes qui s'élevaient sur la table en

deux piles semblables à deux tours de porcelaine dans une ville chinoise.

Virginie se préparait à abaisser les lames de
tôle de la devanture, quand la porte s'ouvrit
pour laisser entrer un long personnage blême,
vêtu d'une très courte jaquette d'été dont il
avait relevé le collet. Il projetait en avant de
lui des pieds énormes, plats et lamentablement
chaussés.

— C'est Branchut! s'écria le comité. Comment
vous portez-vous, Branchut?

Mais Branchut restait sombre.

— Labanne, dit-il, vous avez emporté, par
mégarde, j'aime à le croire, la clef de votre
atelier, et, faute de vous rencontrer en ce lieu,
j'eusse indubitablement passé la nuit dehors.

Branchut parlait avec une élégance cicéro-
nienne. Tandis que, possédé d'un tic nerveux,
il roulait des yeux terribles et remuait le nez
de la racine aux ailes, il faisait couler de sa
bouche des sons doux et purs.

Labanne donna sa clef et s'excusa. Mais
Branchut ne voulut boire ni bière, ni café, ni
cognac, ni chartreuse. Il ne voulut rien boire.

Dion lui ayant demandé un article pour sa
revue, le moraliste se fit longtemps prier.

— Prenez, dit Labanne, son commentaire du *Phédon* qui est écrit tout au long au fusain sur le mur de mon atelier. Vous le ferez copier, à moins que vous ne préfériez porter mon mur chez l'imprimeur.

Branchut promit l'article quand on cessa de le lui demander.

— Ce sera, dit-il, une étude d'un genre particulier sur les philosophes.

Il toussa de la toux des orateurs, prit un verre vide, le posa devant lui et poursuivit lentement :

— Voici mon point de vue. Il y a deux sortes de philosophes : ceux qui se placent derrière ma chope, comme Hégel, et ceux qui se placent entre ma chope et moi, comme Kant. Vous comprenez le point de vue.

Dion comprenait le point de vue. Branchut put continuer :

— Quand, dit-il, un philosophe est derrière ma chope, savez-vous ce que je fais?...

A ce moment, ayant baissé un des becs de gaz et éteint l'autre, Virginie avertit ces messieurs qu'il était minuit et demi et qu'il fallait sortir. Branchut, Mercier et Labanne passèrent l'un après l'autre en se courbant sous la

fermeture déjà abaissée. Sainte-Lucie, resté
seul dans la boutique obscure, saisit Virginie
par la taille et lui donna trois ou quatre baisers, au petit bonheur, sur le cou et sur l'oreille.
Virginie résista un moment, puis elle se
répandit et se fondit dans les bras du mulâtre.

Cependant, Branchut, sur le trottoir, disait
à Labanne :

— Est-ce ma chope que je prendrai pour la
mettre derrière le philosophe? Non. Est-ce le
philosophe que je prendrai pour?...

— Vous ne venez donc pas, Sainte-Lucie,
criait le poète Dion, qui comptait réciter au
créole des vers tout le long du chemin.

Mais Sainte-Lucie ne répondit pas.

IV

Ce matin-là, il neigeait. Les bruits étouffés des voitures venaient mourir sourdement contre les vitres du Chat Maigre. Un reflet livide éclairait durement les toiles pendues aux murs et donnait aux figures peintes des aspects de cadavre. Remi, assis dans la boutique déserte, devant une petite table, dévorait un bifteck aux pommes de terre, tandis que Virginie, devant lui, immobile, les mains jointes sur son tablier blanc, le contemplait avec des yeux de sainte.

— Il est tendre, n'est-ce pas? disait-elle avec effusion. En avez-vous assez? Il y a encore à la cuisine une belle tranche de rosbif froid; la voulez-vous? Vous ne buvez pas!

Il mangeait, il buvait et elle le contemplait
pieusement. Elle disait :

— Je vous ai donné ce gruyère; il pleure; il
est bon. Monsieur Potrel aimait beaucoup le
gruyère qui pleure.

Et Remi mangeait. Virginie lui servit encore
des fruits et des compotes. Puis, s'étant longtemps absorbée dans une contemplation mys-
tique, elle soupira :

— Peut-être que j'ai eu tort d'agir comme
je l'ai fait. Vous serez comme les autres, monsieur Sainte-Lucie. Les hommes se ressemblent
tous. Mais moi, je ne suis pas une femme comme
on en voit tant. Quand je m'attache, c'est pour
la vie. Je vous ai dit comment Potrel avait agi
envers moi. De bonne foi, était-ce une conduite à tenir? Un homme à qui j'ai rendu tous
les services imaginables... Je lui raccommodais
son linge; je me serais jetée au feu pour lui. Il
avait de l'esprit, du talent, et tout. Mais ce
n'est qu'un ingrat!

Et les yeux affligés de la dame se levaient
vers le tableau du Chat Maigre, comme pour le
prendre à témoin de l'ingratitude de Potrel.

Son ample poitrine se souleva, ses trois men-
tons tremblèrent; elle ajouta d'une voix étouffée :

— Et dire que je ne sais pas si je ne l'aime pas encore! Si tu m'abandonnais aussi, toi, je ne sais pas ce que je ferais. Viens ce soir, mon chéri... Qu'est-ce qu'il faut vous servir, messieurs?

Cette dernière phrase, jetée avec un sourire, s'adressait à deux consommateurs qui venaient d'entrer.

Sainte-Lucie était heureux. Il venait d'être largement refusé au baccalauréat. Mais il se chauffait à tous les poêles amis, riait de son gros rire sensuel, s'amusait de voir et d'entendre et ne s'inquiétait de rien. La faveur mal dissimulée que lui accordait Virginie lui avait valu le respect des hôtes du Chat Maigre. Les femmes marquent d'un signe les hommes qu'elles choisissent.

L'atelier de Labanne lui était plus agréable encore que la chambre de Virginie. Mais le poêle n'était jamais allumé. Remi en était fâché, car il dessinait un peu et commençait à peindre. Labanne disait :

— Ce gaillard-là a l'instinct du dessin. Il n'a pas d'idées, mais il a de la main. Je crois décidément qu'il faut être bête comme Potrel pour modeler aussi bien que lui.

M. Godet-Laterrasse essayait bien de ressaisir son élève. Il descendait parfois, vers midi, des hauteurs de Montmartre sur l'impériale d'un omnibus, il entrait haletant dans la chambre de son élève et s'écriait :

— Piochons le Tacite! Courage!

Il disait avec emphase : *Nox eadem Britannici necem atque rogum conjunxit.* Puis il s'embarrassait dans quelques difficultés grammaticales et s'en tirait par des considérations très vagues sur le grand écrivain qui marqua d'un fer rouge, disait-il, le front des tyrans.

La leçon ainsi terminée, il se levait et, saisissant par un geste noble deux ou trois volumes de Proudhon ou de Quinet qui dormaient intacts sur la commode, il les mettait sous son bras en disant qu'il voulait y faire quelques recherches. Remi ne les revoyait plus jamais. Au bout de quelques mois, il ne restait de l'énorme paquet que quelques tomes dépareillés. Remi les prit un jour et alla les vendre à un libraire de la rue Soufflot. Il ne fut plus jamais question des livres fondamentaux.

V

Le temps coula. M. Godet-Laterrasse venait quelquefois donner une leçon à son élève. Le Chat Maigre n'emplissait pas toute l'âme de Remi, qui restait volontiers dans sa chambre à croquer des friandises exotiques, achetées chez un épicier créole de la rue Tronchet. Depuis que le temps était doux, Remi ouvrait, chaque matin, sa fenêtre et regardait dans la rue. Il prenait plaisir à voir trotter les chevaux, qui lui apparaissaient minces d'encolure, longs de corps et gros de croupe. Il ne voyait des femmes qui passaient tout en bas, devant la porte de l'hôtel, que la coiffe du chapeau, les cheveux et la jupe bouffant en arrière, et

parfois le ventre sous le menton. Il remarquait
les balancements gracieux ou les dandinements
comiques de toutes ces créatures qui suivaient
leur chemin facile ou ardu. Il s'amusait à ces
aspects fuyants de la vie et ne gâtait son spectacle par aucune réflexion. Car aucune pensée
profonde n'avait encore germé sous sa chevelure épaisse. Ce qui l'intéressait le plus, c'était
la maison qui étalait devant lui sa façade de
pierre neuve, percée de cinq fenêtres par étage.
Il apercevait par les croisées entr'ouvertes des
pans de papier peint, des boiseries de salle à
manger, des bouts de cadres dorés et des coins
de meubles. Tout cela, diminué par la distance
(car la rue était large), prenait pour lui les
dimensions et l'agrément d'un joujou. Les personnages qui s'agitaient dans ces cases lui semblaient des poupées d'une merveilleuse finesse.
Il suffisait d'une tête effarée, apparue tout à
coup sur le toit, par une lucarne, et présentant au soleil un crâne chauve ou des yeux
clignotants, pour jeter le créole dans une
longue gaieté et lui inspirer des douzaines de
croquis qu'il déchirait. En quelques jours il
connut tout le petit monde qui s'agitait à quelques mètres de sa fenêtre, dans la grande ruche

14

de pierre. Sur le balcon du cinquième étage,
un capitaine en retraite (c'en devait être un)
semait des graines dans une caisse. Aux
étages moyens les gens de service exposaient
des tapis de fourrure sur la barre d'appui des
fenêtres. Parfois, Remi voyait un balai passer
devant les meubles endormis sous des housses
contre les panneaux blancs. Au rez-de-chaussée,
un commis d'agence écrivait sans relâche
debout devant un haut pupitre.

Mais le regard de Remi plongeait de préfé-
rence dans les chambres du quatrième. Il n'y
voyait jamais rien d'étrange ni de mystérieux;
rien de voluptueux, rien qui pût faire monter
le sang aux tempes d'un jeune homme. Les
fenêtres du quatrième étage n'étaient remar-
quables que par une cage de serins et un très
petit pot de fleurs. L'appartement que ces
fenêtres éclairaient était occupé par une dame
sur le retour, lente et active, très calme, et
dont le visage placide apparaissait de fenêtre
en fenêtre, couronné par des restes de beaux
cheveux qui laissaient sur le haut de la tête une
raie blanche trop large. Sa fille, encore enfant
et portant des robes courtes, avait les beaux
cheveux de sa mère, mais d'un blond plus clair

et plus lumineux, abondants et riches et séparés
en deux masses par une ligne très fine. Elle
s'agitait comme un garçon et ne savait que faire
de ses bras et de ses jambes.

Remi entra, sans s'en apercevoir, dans l'inti-
mité de ces deux personnes et s'intéressa aux
travaux monotones de leur existence. Il savait
l'heure des repas et des leçons, le temps d'aller
en promenade et celui de rentrer la cage des
oiseaux, les jours où l'on s'armait de cahiers
et de livres pour se rendre au cours. Il savait
que ces dames sortaient chaque dimanche
à onze heures avec un livre d'église à la main.
Tous les autres jours de la semaine, à dix
heures du matin, la jeune fille s'asseyait devant
le piano dont la poignée de cuivre brillait près
de la fenêtre dans le salon doré. Remi voyait
deux petites mains rouges, deux mains de
fillette, courir brusquement sur les touches et
faire des gammes qu'il n'entendait pas. Mais on
ne restait point de longues minutes assise sur
le tabouret devant l'instrument. On se mettait
à la fenêtre et, quand elle était close, on
soulevait le rideau blanc, on regardait dans la
rue avec une candide audace et on appuyait
contre la vitre un petit nez dont le bout blan-

chissait en s'aplatissant; puis on disparaissait
ainsi qu'on avait paru, sans raison bien appré-
ciable, comme un oiseau s'envole. La mère et
la fille avaient toutes deux des yeux d'enfant,
ouverts et limpides, des yeux sans rêve et qui
semblaient dire : « Rien n'a troublé, rien ne
troublera notre paix affectueuse. » La mère,
veuve sans doute depuis longtemps, montrait
la plus parfaite quiétude. Sa bonté de femme
grasse se devinait à ses gestes doux sans caresse
et à sa vigilance sans trouble. Mademoiselle
était brusque. Mademoiselle ne s'avisa-t-elle
pas un jour d'ouvrir la fenêtre, de se pencher
sur le balcon et de faire des signes à deux de
ses compagnes de catéchisme ou de cours, qui
passaient dans la rue? Elle ne parut pas con-
fuse du tout quand sa mère la fit rentrer dans
la chambre et envoya, comme le comprit Remi,
la bonne à la recherche des deux demoiselles,
qui montèrent et se dirent des choses sans
doute fort gaies, car elles riaient toutes trois
à grands éclats. Et leur rire venait, à travers la
large voie, aux oreilles de Remi, comme un bruis-
sement à peine perceptible de perles remuées.

Remi longeait, chaque matin, le Luxembourg,
dont il voyait à travers les grilles, sous une

brume légère, les gazons ondulés et les massifs
de plantes exotiques. Il gagnait la rue Carnot
et entrait dans l'atelier. On laissait pour lui la
clef sous le paillasson.

L'atelier de Labanne était si rempli de livres
qu'on eût dit une remise de bouquiniste. Les
piles de livres montaient autour des ébauches
abandonnées sous leurs linges séchés. Le sol
était entièrement recouvert de volumes empilés.
On marchait sur des plats de basane. C'était de
toutes parts des dos de veau à nervures et à
fleurons, des tranches rouges ou chinées, des
couvertures jaunes, bleues, rouges, qui pen-
daient à demi arrachées. Les coins écornés
des in-folio bâillaient et le carton s'effeuillait
entre les cuirs recroquevillés. Une ancienne
poussière recouvrait lentement cet amas de
littérature et de science.

Les murs avaient été autrefois blanchis à la
chaux. Nus à leur partie supérieure, ils étaient
charbonnés, à hauteur d'homme, d'un texte
mi-grec, mi-français. C'était le commentaire du
Phédon que Branchut écrivit d'inspiration après
une nuit d'insomnie. La porte était couverte
d'inscriptions tracées diversement par des mains
différentes.

La plus haute, gravée à la pointe d'un canif
en lettres capitales, disait :

LA FEMME EST PLUS AMÈRE QUE LA MORT

La seconde, moulée au crayon Conté, en
ronde, disait :

Les académiciens sont des bourgeois. Cabanel est un
coiffeur.

La troisième, tracée à la mine de plomb, en
cursive, disait :

Gloire aux corps féminins qui, sur le mode antique,
Chantent l'hymne sacré de la beauté plastique!

                              PAUL DION

La quatrième, tracée à la craie, d'une main
inhabile, disait :

J'ai rapporté du linge blanc. Lundi je prendrai le sale
chez le concierge.

La cinquième, jetée au fusain par Labanne,
disait :

Athènes! ville à jamais vénérable, si tu n'avais pas
existé, la terre ne saurait pas encore ce que c'est que la
beauté.

La sixième, marquée au moyen d'une épingle

à cheveux qui avait légèrement égratigné la peinture, disait :

Labanne est un rat. Je me fiche de lui.

MARIA

Il y avait sur cette porte d'autres inscriptions encore.

D'ans un coin, près du poêle, une couverture de cheval était jetée sur des livres et des journaux. Ces journaux, ces livres et cette couverture formaient le lit du moraliste Branchut.

Un jour que Branchut, assis sur sa couverture de cheval, songeait à Démosthène, aux professeurs allemands et à la princesse Fédora, Remi, occupé à copier un pot à eau, tirait la langue par excès d'attention. Voulant effacer ses repentirs, il demanda au philosophe s'il n'avait pas dans ses poches de la mie de pain rassis. Et il l'appela par mégarde M. Branchut du Tic. Branchut, que ses malheurs rendaient irascible, le regarda avec des yeux de homard. Un frisson formidable courut tout le long de son nez. Il sortit furieux.

Le poète Dion, qu'il alla trouver à la brasserie, et Labanne, qu'il découvrit sur les quais

devant une boîte de livres, prirent en main son
affaire. Le poète Dion voulait du sang ; mais
le sceptique Labanne se montra doux et amena
une sorte de réconciliation. D'ailleurs Remi
n'avait pas de rancune.

Le moraliste et le créole vécurent en paix
pendant un mois ou deux. Mais Branchut,
dont le destin était de souffrir par les femmes,
eut le malheur de regarder avec tendresse
l'hôtesse du Chat Maigre. Or, le visage de
Branchut, quand il exprimait la tendresse,
ressemblait terriblement à une face d'épilep-
tique. Virginie, qu'il dévisageait avec des yeux
injectés, jaillissant hors de leurs orbites, fut
épouvantée et fit grand bruit de son épouvante.
Elle ne manquait aucune occasion de témoigner
au philosophe l'horreur vertueuse qu'il lui inspirait, et comme elle coulait en même temps
vers Remi des œillades chargées de volupté,
Branchut fut mordu de tous les aiguillons de
la jalousie. Il souffrait, il devint méchant.

Il s'en prit d'abord au doux Labanne, qui
avait le double tort d'être pourvu de quelques
petites rentes et de rendre service au philosophe. Branchut lui rendait solennellement,
tous les matins, la clef de l'atelier, que le

sculpteur replaçait tous les matins avec tranquillité sous le paillasson où Branchut venait la reprendre tous les soirs.

Pendant les mois de juillet et d'août, Branchut devint amer, sceptique et fort. Il tournait au grand homme. Il méprisait la femme, qui est, disait-il, un être inférieur. Il affectait de ne pas même regarder Virginie en lui demandant impérieusement des bouteilles de bière que Labanne payait.

Il faisait sur l'art des théories transcendantes.

— J'ai vu dernièrement au muséum, disait-il, une figure de mammouth tracée à la pointe du silex sur une lame d'ivoire fossile. Cette figure date d'une époque préhistorique ; elle est antérieure aux plus vieilles civilisations. C'est l'œuvre d'un sauvage stupide. Mais elle révèle un sentiment artistique bien supérieur aux plus belles conceptions de Michel-Ange. C'est une représentation à la fois idéale et vraie. Et nos meilleurs artistes modernes sacrifient soit la vérité à l'idéal, soit l'idéal à la vérité.

En parlant ainsi, il regardait Labanne avec des yeux révulsés. Mais Labanne était content. Il approuva et développa la pensée de son ami, le philosophe.

— L'art, dit-il, décline à mesure que la pensée
se développe. En Grèce, du temps d'Aristote,
il n'y avait plus de sculpteurs. Les artistes sont
des êtres inférieurs. Ils ressemblent aux femmes
enceintes : ils accouchent sans savoir comment.
Praxitèle fit sa Vénus comme la mère d'Aspasie
fit Aspasie, tout naturellement, tout bêtement.
Les sculpteurs d'Athènes et de Rome n'avaient
pas lu monsieur l'abbé Winckelmann. Ils
n'entendaient rien à l'esthétique et ils firent le
Thésée du Parthénon et l'Auguste du Louvre.
Un homme d'esprit ne produit rien de beau ni
de grand.

Branchut répondit aigrement :

— Pourquoi êtes-vous sculpteur, en ce cas,
vous qui vous croyez un homme d'esprit? Il est
vrai que je n'ai jamais rien vu de vous qui
s'approchât le moins du monde d'une statue,
d'un buste ou d'un bas-relief. Vous n'avez pas
seulement une maquette ou un croquis à
montrer, et il y a bien cinq ans que vous
n'avez touché l'ébauchoir. Si vous gardez votre
atelier uniquement pour m'y donner asile, je
vous dois et je me dois à moi-même de vous
avertir que je ne serai pas embarrassé de
trouver un gîte ailleurs. Je ne vous ai pas

donné, que je sache, le droit de m'accabler de
vos bienfaits.

Mais le philosophe, malgré sa grandeur
d'âme, ne put se maintenir longtemps à ces
hauteurs. Il redevint faible. Il oublia le mammouth du muséum et ne vit plus que Virginie.
Il tomba dans un morne abattement. Il y eut
pourtant une belle heure dans sa vie. Ayant
rencontré un matin Virginie qui revenait de la
halle avec un panier à chaque bras, suant,
soufflant, toussant et suffoquée par un commencement d'asthme, il la suivit moitié de
gré, moitié de force et obtint d'elle de porter
le panier de viande. Il fut ravi. Cette joie le
gâta. Il espéra, il osa tout. Un soir, il se glissa
dans la cuisine et saisit entre ses bras Virginie
qui lavait la vaisselle. Elle laissa tomber une
assiette et poussa des cris déchirants. Non, la
princesse Fédora n'avait pas crié si fort.

Ce fut un scandale. Le poète Dion était
heureux. Les yeux de Mercier pétillaient sous
leurs lunettes. Labanne haussait les épaules.
Remi, un peu fâché, sourit intérieurement
quand il eut trouvé sa vengeance. C'était une
vengeance d'écolier et de sauvage dont il se
léchait d'avance les lèvres. Il la laissa dormir

dans son cœur gourmand et paresseux comme un pot de confitures dans l'armoire d'une bonne ménagère.

Le poète Dion parla de nouveau de fonder une revue. La tentative de l'an dernier avait échoué, parce que les trois cents francs de la grand'mère s'étaient trouvés employés en dépenses domestiques. Mais Dion venait de recevoir trois cents autres francs.

— Il faut trouver un titre, disait-il.

On se sépara au bout de deux heures, après avoir imaginé un très grand nombre de vocables insensés ou connus.

Le lendemain, le poète Dion salua l'assemblée du Chat Maigre par ce cri antique :

— J'ai trouvé : *L'Idée !... l'Idée, revue nouvelle.*

Et, pressant entre ses doigts une feuille imaginaire, la tête de côté, ses cheveux apolloniens rejetés en arrière, le visage éclairé d'un sourire, il lisait intérieurement en grosses capitales : *L'Idée, revue nouvelle, Paul Dion, directeur.*

— Quelle idée ? demanda le sceptique Labanne, en caressant sa barbe jaune.

— L'idée de la base mathématique, parbleu ! répondit Mercier.

-— L'idée de la supériorité de la poésie et de l'idéal sur la prose et la réalité, répondit Dion.

— Et aussi peut-être, insinua le moraliste Branchut avec une douceur aigre, en frottant son nez sinueux, et aussi peut-être l'idée de la morale nouvelle dont je me propose d'exposer la théorie, si toutefois je puis vous être agréable en le faisant.

Labanne fit cette remarque qu'il fallait intituler la revue, non pas *l'Idée*, mais *les Idées*, puisqu'ils avaient chacun la leur.

Toutefois, le premier titre fut maintenu et le poète Dion rédigea sur une feuille de papier à lettres, avec la plume dont Virginie écrivait ses comptes, le sommaire du premier numéro, qui devait contenir :

1° Un *avis au lecteur, par Paul Dion;*

2° Un article indéterminé sur la philosophie, *par Claude Branchut;*

3° Un article plus indéterminé encore sur les beaux-arts, *par Émile Labanne;*

4° La *Maîtresse dont on meurt, poésie par Paul Dion;*

5° Quelque chose de très vague sur les sciences, *par Guillaume Mercier.*

Quant aux articles de théâtre et de biblio-
graphie, le directeur en faisait son affaire.

Le texte étant ainsi constitué, Dion avisa,
dans quelque rue mal pavée du quartier Saint-
André-des-Arts, un imprimeur en détresse qui
se chargea avec une morne indifférence
d'imprimer la revue. Cet imprimeur était un
petit homme chauve et blême, dont l'aspect
fondant faisait songer aux restes d'une bougie
consumée dans un courant d'air. Ses affaires
étaient dans un pitoyable état. C'était un
imprimeur désespéré, mais c'était un imprimeur.
Il imprimait. Il envoyait des épreuves que Dion
graissait sur toutes les tables de café. Mais, il
fallait bien le reconnaître, malgré quelques
poésies envoyées de divers points de l'Europe
au rédacteur en chef de *l'Idée*, on manquait de
copie. Le numéro promettait d'être d'autant
plus mince que Branchut perdait sous les
portes cochères les pages de son article philo-
sophique à mesure qu'il les écrivait et que
Labanne avait expressément besoin de lire
quinze cents volumes avant d'écrire les premières lignes de ses études d'art. L'article de
Mercier existait du moins, mais l'auteur, serré
dans son écriture, dans son style et dans ses

idées comme dans ses habits, aurait fort bien pu faire tenir ces articles-là sur les deux verres de ses lunettes. Quant à *la Maîtresse dont on meurt*, elle en était déjà à sa troisième épreuve.

C'est à ce moment que Sainte-Lucie, secrétaire de la rédaction, proposa au poète Dion de le présenter à M. Godet-Laterrasse, qui ne manquerait pas de fournir un article. Ce fut une grande nuit que celle où M. Godet-Laterrasse, descendu d'une impériale d'omnibus, entra dans l'établissement de Virginie. Il tourna le bec de canne avec la main d'un homme qui se sait appelé; et, tandis qu'un murmure flatteur accueillait son entrée, il traversa la boutique dans une majesté africaine tempérée de morbidesse créole. En s'entendant appeler « cher maître » par le poète Dion, il découvrit toutes ses dents par un sourire d'idole. Mais tout à coup son visage reprit une expression d'amertume hautaine. Il avait vu Labanne promener un regard indifférent à travers la fumée d'une pipe profonde. Il savait que Labanne avait résolu un jour de le représenter dans une attitude sublime, avec un cadran sur le ventre. Depuis ce temps, il considérait

Labanne comme un sceptique des plus cor-
rompus. Plein de cette pensée, il tourna
vers Dion et Mercier sa face horizontale et
leur dit :

— Jeunes gens, gardez-vous du scepticisme.
C'est un souffle empoisonné qui dessèche l'âme
dans sa fleur.

Il promit à la revue un chapitre inédit de son
grand livre sur la régénération de l'humanité
par la race noire.

Il développa son idée. La race noire n'était
pas souillée par cette lèpre chrétienne qui
dévorait depuis dix-huit siècles tous les peuples
de la famille blanche.

Il raconta que, à peine âgé de onze ans et se
promenant seul au bord de la mer, en face de
l'immensité, il se disait : « Les curés auront
beau dire; je ne croirai jamais que le christia-
nisme ait rien fait pour l'abolition de l'escla-
vage. »

Quand il sortit, on lui fit escorte. L'omnibus,
signalé par Sainte-Lucie, approchait. M. Godet-
Laterrasse, ayant distribué des poignées de
main, prit cordialement son élève par les
épaules et l'entraîna à l'écart.

— J'ai oublié mon porte-monnaie, lui dit-il.

Quelle étourderie! Prêtez-moi donc quelques sous.

Puis, ayant adroitement saisi une pièce blanche dans une poignée de main, il escalada l'impériale en criant :

— Courage, Remi. Piochez le Tacite!

VI

Remi fut, le plus naturellement du monde, refusé une seconde fois par MM. les examinateurs. Il se faisait du baccalauréat une idée de plus en plus vague et effacée. Ses échecs, nullement surprenants, prenaient, quand M. Godet-Laterrasse les commentait, un aspect louche et ténébreux.

— Ce n'est pas vous qu'ils ont refusé, disait le préparateur, c'est moi. Ils me visaient quand ils vous ont touché, soyez-en certain. Ah! ces messieurs de la Sorbonne ne me pardonnent pas mon dernier article.

Après de tels propos, Remi était si parfaitement bouleversé qu'il ne savait plus si le

baccalauréat était un examen littéraire ou une
société secrète. Il acheva l'hiver dans un
engourdissement voluptueux. Le timide soleil
d'avril qui blanchissait les murs le réveilla à
demi.

Les moineaux piaillaient sur les toits. Le
capitaine en retraite semait des graines dans
ses caisses vertes. Les fenêtres, si longtemps
closes et dont les vitres étaient naguère
obscurcies d'une buée épaisse, s'ouvraient
aux rayons d'un jour encore pâle et à la
prime tiédeur du printemps. Remi, qui avait
perdu de vue et de pensée, depuis l'été, ses
amies du quatrième étage, revit avec plaisir
la cage des serins et la poignée de cuivre du
piano.

. Quand, pour la première fois, il aperçut la
mère et la fille dans le salon doré, il se retint
pour ne pas les saluer d'un geste amical. Un
petit vieillard, assis sur le canapé, tenant son
chapeau et son parapluie entre les jambes,
semblait parler affectueusement. Il levait le bras
et on croyait l'entendre dire :

— Comme vous êtes grandie, Marie (ou
Jeanne ou Louise)! Vous voilà devenue une
demoiselle.

Remi était un peu maussade de voir un
étranger ainsi installé sur le canapé de ses
amies. Non que le petit vieillard lui déplût.
Bien au contraire! Le petit vieillard avait l'air
d'un brave homme. Mais Remi ne le connaissait
pas, et Remi songeait que ces deux dames
avaient des secrets pour lui, ce dont il ne
s'était pas encore avisé. On ne peut songer à
tout. Il ferma sa fenêtre et bouda jusqu'au
lendemain. Il la rouvrit le lendemain matin,
seulement pour voir si la cage des serins était
à sa place. Il vit la fillette en chapeau rond,
mâchonnant son ombrelle et piaffant avec une
impatience de jeune cheval, comme elle
avait l'habitude quand, toute prête à sortir,
elle attendait sa mère attardée à nouer
devant la glace les brides de son chapeau.
Pourtant, il faut être juste, une femme de
quarante-cinq ans ne s'habille pas comme
une fillette en deux ou trois mouvements
d'oiseau.

La mère inspecta ce jour-là, comme à l'ordinaire, minutieusement, la toilette de sa fille.
Mais il dut y avoir cette fois quelque grave
désordre à la robe grise, car la maman dit
quelque chose qui fut reçu avec toutes sortes

de petits mouvements impatients et boudeurs,
avec des piétinements et des marques de
désespoir. Enfin, mademoiselle défit les boutons
du corsage et on poussa la fenêtre qui, quelques
secondes après, se rouvrit toute seule. A cet
instant, Remi vit la mère qui, debout, tenait
dans ses mains la robe grise et y faisait un
point, tandis que mademoiselle, en corset et
en jupon, de blanc et court vêtue, attendait.
Elle tourna la tête et vit l'étudiant qui la
regardait. Alors, avec un joli geste de petit
enfant frileux qu'on baigne, elle se couvrit la
poitrine de ses deux bras. Ses lèvres pro-
noncèrent très vite quelque chose qui devait
être : « Maman! maman! »

La mère, très calme, haussa un peu les
épaules avec un air de dire :

— Mon Dieu, mademoiselle, la belle affaire!
Et elle repoussa négligemment la fenêtre.

Depuis ce jour Remi s'abstint, sans trop
savoir pourquoi, d'observer obstinément ses
voisines. Mais il songea qu'elles pouvaient s'en
aller et qu'il ne les reverrait plus. Cette idée
l'attrista. Ses pensées prirent un cours grave
et réfléchi. Il se dit que le baccalauréat compris par M. Godet-Laterrasse était une chose

peu sérieuse et il résolut d'être un peintre.
Peindre! voilà qui lui semblait clair et beau.
Puis l'idée de Télémaque lui traversa le cer-
veau.

— Il faut que j'aille le voir, pensa-t-il.

VII

Après le second échec, M. Godet-Laterrasse, très occupé des affaires publiques, négligea beaucoup son élève. Remi, qui se consolait de ne plus revoir son précepteur, alla dessiner dans l'atelier de Labanne. L'incomparable sculpteur, ayant découvert sur un parapet du quai Malaquais les poésies de Colardeau, fut pénétré d'admiration.

— Colardeau est le plus grand des poètes français, disait-il.

Tandis qu'une lourde chaleur pesait sur la ville de pierre et de bitume, le moraliste Branchut avait pour vêtement un épais pardessus à long poil qui le faisait ressembler,

disaient ses amis, à un Scythe couvert de peaux
de bête. La pensée de la femme ne quittait pas
son esprit et jamais son humeur n'avait été si
féroce. Il n'avait plus cet ancien appétit avec
lequel il mangeait chaque jour un pain d'un
sou. Mais il était brûlé, sous son épaisse toison,
d'une soif inextinguible. Un jour que Remi
copiait, pour la centième fois, sous la direction
de Labanne, le pot à eau qu'on mettait l'hiver
sur le poêle de l'atelier, le moraliste Branchut
s'empara du vase modèle, pour aller le remplir
à la pompe. Quand Branchut reparut, le nez
humide et la barbe ruisselante, le jeune créole
lui jeta un regard en coulisse qui promettait
quelque chose. Branchut appelait la foudre et
désirait l'aquilon. Il arrachait des feuillets aux
plus beaux livres de Labanne pour y écrire
des pensées obscures et terribles. Un orage
rafraîchit la ville et détendit les nerfs du moraliste.

Le temps coula; le temps ramena les cerfs-
volants dans le ciel agité de septembre, la
brume dans les horizons d'octobre, les poêles
de marrons rôtis aux portes des marchands de
vin, les oranges, dans les voitures à bras, la
lanterne magique au dos du savoyard et, sous

les toits blancs de neige, dans les salles à
manger chaudes, le fumet des oies rôties, aux
jours de Noël, du Nouvel An et des Rois. Mais
le temps ne changea pas le cœur de Branchut.

Le jour des Rois, vers quatre heures, Remi,
passant avec le poète Dion sur la place Saint-
Sulpice, regarda les coulées de glace qui
recouvraient à demi les quatre évêques de
pierre et l'eau gelée sous leurs pieds, dans la
fontaine. Il se frotta les mains et dit avec un
gros rire :

— Il ne fera pas chaud sur cette place à
minuit.

Puis ils s'entretinrent, Remi avec une grosse
joie, Dion avec une satisfaction raffinée, d'une
lettre qu'ils venaient d'envoyer par un commissionnaire et dont ils ne se lassaient pas de
réciter le début ; « Vous êtes brun et je suis
blonde ; vous êtes fort et je suis faible. Je vous
comprends et je vous aime. » Ils avaient tramé
assurément quelque détestable mystification
dont ils étaient contents et fiers.

Ce soir-là, Branchut dînait au Chat Maigre
avec Mercier, qui vieillissait et dont la figure
diminuée disparaissait sous ses lunettes, avec
Labanne, très occupé depuis huit jours d'un

livre sur la politesse au XVII° siècle, avec le
poète Dion et Sainte-Lucie. Virginie servit une
soupe aux choux d'un parfum robuste. Le philosophe Branchut repoussa l'assiette fumante que
Labanne lui tendit. Cette épaisse nourriture
était pour l'étouffer, disait-il. Labanne n'avait
donc point la moindre idée du système d'ali-
mentation propre aux natures d'élite.

Un commissionnaire entra, demanda M. Branchut et lui remit une lettre qui sentait l'iris
et dont l'enveloppe, d'un gris tendre, était
frappée d'un chiffre bleu. A mesure que le
philosophe lisait, des frissons tumultueux
parcouraient son nez mobile. Enfin, il mit la
lettre dans la poche de son habit (c'était un
habit à queue, que Labanne lui avait donné)
et il promena autour de lui un regard plein de
mystère. Tout son sang âcre et pauvre animait
sa face couperosée. Il était transfiguré. Son
nez semblait éclairé par une flamme intérieure,
Dion contemplait le liteau de sa serviette.
Remi faisait avec son couteau, dans le sel de
la salière, des montagnes et des vallons et semblait perdu dans la contemplation des paysages
polaires en miniature qu'il créait et boulever-
sait avec la toute-puissance capricieuse d'un

Jehovah lapon. La conversation interrompue
par le commissionnaire reprit mollement.
Labanne seul eut quelque verve. Très préoc-
cupé de la politesse au XVII° siècle, il regrettait
Louis XIV.

— Le roi soleil ne valait pas César Borgia,
disait-il. Mais il était bien préférable aux droits
de l'homme et aux immortels principes.

Branchut glissait parfois la main dans la
poche de son habit et serrait quelque chose
contre son cœur. Perdu dans un rêve profond,
il laissait échapper, par intervalles, de ses
lèvres bouffies et gercées, de suaves paroles sur
la régénération de l'homme par l'amour. Dès
onze heures, il se leva pour sortir; du revers
de sa manche, il frotta son gilet, ce qui était
de sa part un raffinement extraordinaire et un
culte immodéré de la personne extérieure.

— A demain! lui dit Labanne.

Mais le philosophe murmura quelques
paroles mystérieuses sur sa disparition possible et coula si doucement dehors qu'il semblait s'être volatilisé. Un moment après Dion
et Labanne sortirent du Chat Maigre.

A minuit le moraliste faisait en habit de bal
le tour de la Fontaine des quatre évêques.

Quelques passants attardés traversaient vivement la place. L'eau qui s'était échappée de la vasque était gelée sur le bitume et le moraliste glissait à chaque pas. Un vent âpre agitait les pans de son habit. Mais, comme un cheval aveugle qui tourne la meule, le moraliste suivait le bord sans fin de la vasque de pierre. Sur la place déserte, une jeune ouvrière, attardée sans doute par quelque aventure, coupait le vent avec la vive allure et le pas ferme des vraies Parisiennes. Une heure sonnait à l'horloge de la mairie et le moraliste tournait encore. Les talons sonores de deux gardiens de la paix troublaient seuls d'un bruit monotone le silence de la nuit. A une heure et demie le philosophe s'éloigna pour relire sous un réverbère le billet parfumé.

« Vous êtes brun et je suis blonde, vous êtes fort et je suis faible . Je vous comprends et je vous aime. Soyez ce soir, à minuit, sur la place Saint-Sulpice, autour du bassin. »

Le rendez-vous était formel. Le philosophe reprit son poste tournant. Le givre le couvrait d'une poussière diamantée. Les pans de son habit, alourdis par l'humidité, pendaient. La place était déserte. Il tourna longtemps encore.

Puis trompé, accablé, désespéré, il se laissa tomber sur un banc et resta immobile la tête entre les mains. Quand il se releva, il crut apercevoir Dion et Sainte-Lucie qui s'enfonçaient en courant dans l'ombre de la rue Honoré-Chevalier. Une lumière se fit dans sa tête endolorie, et son nez tressaillit d'indignation.

Le lendemain, drapé dans sa couverture de cheval, il déclara à Labanne qu'il voulait tuer Sainte-Lucie.

— Je ne tiens pas beaucoup à ma vie, dit-il, mais je tiens encore bien moins à la sienne.

Labanne essaya vainement de le calmer.

Pendant ce temps Remi, tranquille et sans rancune, savourait la douce chaleur de son édredon et songeait :

— Il faudra pourtant que j'aille voir un de ces jours le général Télémaque.

VIII

Télémaque, coiffé d'une calotte de toile et
ceint d'un tablier blanc, souriait sur le seuil
de sa boutique, au beau soleil du matin qui
inondait l'avenue poudreuse, plantée de maigres
platanes. Sa vue s'étendait à droite jusqu'à la
caserne, d'où partait une sonnerie de clairons,
et à gauche jusqu'au rond-point de l'Empereur,
au centre duquel se trouvait un piédestal veuf
de sa statue. La large avenue était bordée des
deux côtés par des constructions basses et par
des terrains où s'alignaient les piquets blancs
des blanchisseries. Les débits de vin, au coin
des rues, qui donnaient sur des terrains vagues,
étaient barbouillés de rouge brun pour attirer

. . .

l'œil et provoquer de loin la soif des militaires
et des ouvriers. Tout le reste, murs et terrains,
était uniformément gris. Les deux maisons
qui faisaient face à l'établissement de Télémaque présentaient une façade de plâtre haute
de trois étages, à balustres, à baies cintrées,
ornée de bustes dans des niches, lézardée,
écaillée, moisie, avec des vitres étoilées de
papier et des loques pendues aux fenêtres. Des
groupes confus d'enfants et de chiens remuaient
dans la poussière. Des militaires s'en allaient
tout doucement vers la berge, et des femmes
en jupon plat portaient des seaux ou des
paniers.

La boutique de Télémaque était peinte en
rouge; derrière les vitres, un aloyau et des
biftecks s'étalaient dans des plats. Télémaque
tenait par les oreilles un lapin mort et souriait.
Le vif émail de ses yeux bridés et relevés de
côté par la saillie des pommettes brillait sur
son visage d'ébène, au nez épaté et aux lèvres
lippues. Une laine encore noire floconnait sur
sa tête. Mais le front, dégarni par une calvitie
régulière, s'élevait en fuyant et découvrait une
partie du crâne, dont le sommet formait une
sorte de crête.

Miragoane, assise sur son derrière, regardait avec intérêt les hommes, les bêtes et les choses. Mais libre de passions et l'âme en paix, elle se chauffait tranquillement au soleil. Parfois, allongeant sa tête intelligente, elle léchait de sa langue en volute le sang coagulé au museau du lapin que Télémaque laissait pendre. Puis, satisfaite de cette sensualité délicate, elle contemplait de nouveau l'avenue, avec un frisson dans la queue.

Télémaque retourna comme un gant la peau de son lapin et, ayant posé sur une petite table l'animal écorché, brillant des plus beaux tons, il le découpa adroitement et mit les morceaux sur un plat.

Puis il rentra dans la boutique, dont la porte extérieure s'ouvrait sur un petit jardin garni de tonnelles. Ayant préparé très proprement son civet, il s'assit, tandis que la casserole de cuivre rouge chantait sur le fourneau, et resta songeur. Ses yeux, qui semblaient fraîchement peints sur un joujou tout neuf, ne regardaient plus rien. Télémaque voyait sans doute autre chose que son fourneau aux carreaux de faïence, le comptoir d'étain et les tables de toile cirée, car il murmurait un chant étrange

et doux et parlait à des absents. Enfin, ayant
donné un regard au civet qui, comme disent
les cuisiniers, partait sur un feu doux :

— Miragoane, dit-il, garde la boutique.

Miragoane tourna vers lui son œil intelligent et s'avança jusqu'au seuil de pierre,
qu'elle occupa d'un air d'importance. Télémaque monta dans une très belle chambre
tendue d'un papier historié sur lequel une
chasse au sanglier était indéfiniment répétée.
Cette chambre, meublée d'une armoire de
noyer, d'un lit à rideaux de cotonnade blanche
et de quatre tables, servait à la fois de chambre
à coucher au restaurateur et de salle à manger
aux sociétés du dimanche. Télémaque prit
dans l'armoire une caisse qu'il posa sur la
table et qu'il ouvrit avec précaution. Cette
caisse était pleine d'objets enveloppés dans des
foulards et dans des papiers. Il en tira successivement un châle rouge, des épaulettes à
graines d'épinard, des anneaux d'oreilles, une
croix et une plaque d'ordres inconnus et un
grand chapeau galonné dont les deux cornes
étaient terminées chacune par un énorme gland
d'or. Quand ces trésors furent étalés sur la
table, Télémaque les contempla avec son

16

regard étonné de petit enfant, puis il mit sur
sa tête crépue le chapeau, dont les glands se
balancèrent, il s'enveloppa du châle rouge de
sa femme Olivette et se contempla dans son
petit miroir à barbe.

Il revécut alors sa vie passée, et remonta
jusqu'au temps où il était général. Il revit
les éblouissements du sacre de Sa Majesté
Faustin Ier, les manteaux bleus des ducs, des
princes et des comtes, les habits rouges des
barons; la face noire de l'empereur, coiffe
d'une couronne d'or; Olivette amenée en
robe à queue dans une brouette et se rangeant
parmi les dames au milieu de la nef de l'église.
Tout lui était présent, les mille couleurs des
habits, les coups de canon, la musique militaire et les cris de Vive l'Empereur! Puis il
revit les fêtes somptueuses du palais impérial,
quand, sous les feux des bougies et des pende-
loques de cristal, les magnifiques poitrines
noires des dames de la cour faisaient craquer
les corsages de mousseline blanche dans l'élan
furieux des danses. Il revit les soldats alignés
sous ses yeux dans la plaine aride et lumineuse. Tous, rangés en bataille, lui présentaient les armes. Et lui, Télémaque, les mains

derrière le dos comme le Napoléon des estampes, passait entre les rangs et disait :

« Soldats, je suis content de vous! »

Puis des tableaux plus sombres se déroulèrent dans son imagination. Il revit les événements qui avaient précipité sa chute. Quand, en décembre 1851, développant avec la toute-puissance d'un empereur son génie d'enfant peureux et cruel, Soulouque eut l'idée de faire la guerre à la république dominicaine, le général Télémaque fit partie, à la tête de sa brigade, du corps expéditionnaire commandé par le général Voltaire Castor, comte de l'Ile-à-Vache. L'empereur avait dit dans sa proclamation à l'armée : « Officiers, sous-officiers, soldats! Les hommes de l'Est, les bouviers de Santo-Domingo fuiront devant vous. Allez. » Plein de confiance dans la parole de son empereur, le général Télémaque, coiffé de son chapeau à glands, portant sur sa poitrine la plaque de l'ordre impérial et militaire de Saint-Faustin et le grand cordon de la Légion d'honneur haïtienne, galonné, chamarré, les pieds nus, marchait fièrement à la tête des régiments noirs qui formaient l'avant-garde, quand tout à coup une vigoureuse mousqueterie le surprit

sur la lisière d'une plantation de bananiers.
Étonné, indigné, consterné, il tourna vers ses
troupes sa face décomposée et s'écria avec une
éloquence sincère :

— L'empereur a moqué pauvre monde !

A ces paroles du général, la brigade tourna
les talons et s'enfuit à toute vitesse. Télémaque,
faisant jouer les ressorts de ses jarrets de singe
et tirant la langue, reprit la tête de la colonne,
sans se soucier des fusils, des tentes, des
paquets de cartouches et des caisses de biscuits
abandonnés en route. Soulouque, sur la nouvelle de cette opération militaire, trembla de
tous ses membres et, pour se redonner du
cœur, fit fusiller le général Voltaire Castor. Il
donna l'ordre d'arrêter le général Télémaque,
qui resta caché huit jours dans les palétuviers.
Le consul français, à la prière de la belle
madame Sainte-Lucie, recueillit Télémaque et
le fit passer à bord de la *Naïade*, qui appa-
reillait à destination de Marseille.

A ce souvenir, Télémaque prit la mine d'un
chien intelligent qu'on a fouetté, et remit les
croix, les épaulettes et le chapeau dans les
foulards. Il regarda par la fenêtre, avec inquiétude, si personne ne passait dans l'avenue, et,

ayant replacé le précieux coffre dans l'armoire
fermée à clef, il descendit dans la boutique et
versa quelques gouttes d'eau dans la casserole
odorante qui chantait.

L'horloge, accrochée au-dessus de la stalle
du comptoir, marquait onze heures. Une nuée
de petits galopins à tignasse ébouriffée et qui
laissaient passer des bouts de chemise par les
trous des culottes, s'abattit dans un nuage de
poussière, contre la porte vitrée. Et des cris
aigus sortaient de ce nuage.

Télémaque parut sur le seuil avec une
soupière pleine de débris de volaille et de
restes de friture enveloppés proprement dans
des morceaux de papier. Miragoane, attentive
et grave sur le seuil, et la queue frissonnante,
surveillait la distribution.

Le petit peuple assiégea en se culbutant les
deux jambes de Télémaque, qui commanda
d'un ton nasillard particulier :

— Droit alignement!

Alors les enfants se rangèrent en ligne, les
bras pendants, le cou tendu, les yeux agrandis
par la convoitise.

Télémaque les examina quelque temps avec
une gravité joyeuse, puis :

— Répondez à l'appel, dit-il. Numéro un...
numéro deux... numéro trois...

Et il donnait à chacun sa ration. Les numéros
un, deux et trois s'enfuirent, serrant des deux
mains leur part de friandise contre leur ventre
et la dévorèrent chacun dans un coin, en
promenant à la ronde des regards défiants.

— Numéro quatre... numéro cinq... numéro
six...

Le numéro six, qui était roux, bouscula le
numéro quatre, qui boitait, et dont il fit rouler
l'os de poulet dans le ruisseau.

Miragoane dressa l'oreille, le numéro quatre
reprit son os, et le général Télémaque, ayant
ainsi pourvu à l'ordinaire de son armée,
retourna à ses fourneaux. Ayant reconnu que
le civet était en bon point, il tira d'un tiroir un
petit fusil de bois peint en rouge, et appela
Miragoane. Elle s'approcha, l'oreille basse,
d'un air qui voulait dire : — Mon Dieu! à
quoi cela peut-il servir? Nous avons tort de
compliquer inutilement la vie; je n'éprouve
aucun plaisir à faire l'exercice. Mais je consens
à le faire pour être agréable à mon maître
Télémaque.

Et Miragoane, debout sur ses pattes de derrière, reçut contre son ventre rose le petit fusil de bois.

— Portez arme ! Présentez arme !

Miragoane manœuvra au commandement. Mais ses jarrets fléchissaient ; elle retomba sur ses quatre pattes et, laissant son arme sur le carreau, elle s'en alla en se secouant au seuil de la boutique.

— C'est mauvais, c'est mou, lui dit Télémaque. Nous recommencerons ça demain.

Mais Miragoane immobile, en arrêt, aboya deux fois. Puis elle se mit à courir du seuil au fourneau, en faisant sonner ses ergots sur le carrelage.

Remi, coiffé d'un chapeau de paille en cloche à melon, selon la mode des canotiers, entra dans la boutique et se fit connaître à Télémaque qui, dans sa joie, lui tourna le dos sans rien dire, pour déboucher une bouteille de vin blanc.

— C'est vous, mouché, dit le nègre, vous mouché Remi, le fils de mouché le ministre et le filleul de ma pauvre femme Olivette, qui vendait de l'arac, des cocos et des sapotilles à Port-au-Prince. Les hommes de couleur l'ont tuée méchamment dans son bazar et ont bu son tafia. Le fait a été mis au long en lettres mou-

lées dans *le Moniteur* d'Haïti. C'est le consul,
mouché Morel-Latasse, qui me l'a fait lire. Et
j'en eus du chagrin parce que Olivette était
une bonne femme. Comme je suis content de
vous voir, mouché Remi! Olivette n'était plus
jeune quand je l'ai épousée. On riait de Télémaque qui se mariait avec une vieille femme;
mais Télémaque savait que plus une femme
est vieille, mieux elle fait la cuisine. Asseyez-
vous, mouché Remi. Voilà un vin blanc qui ne
vieillira plus, car nous allons le boire.

Et le noir se mit à rire longuement. Quand
il eut débouché la bouteille, soufflé sur la cire
du goulot et rempli les verres, il devint songeur et dit :

— La vie ne dure pas toujours, mais la mort
dure toujours.

Puis, approchant ses grosses lèvres de
l'oreille de Sainte-Lucie, il ajouta tout bas :

— Aussi, j'ai là-haut, dans un sac, une bonne
somme d'argent, pour faire construire un beau
tombeau à Olivette.

Et il recommença de rire. Il demanda des
nouvelles de madame Sainte-Lucie, qui était
une si belle femme, et il voulut savoir ce que
Remi faisait à Paris.

—Je me prépare au baccalauréat, répondit le jeune homme en bâillant.

Télémaque ne savait pas ce que c'était que le baccalauréat, mais il pensait que ce devait être « quelque chose de bon ».

Il choqua le verre en fermant à demi ses yeux câlins. Puis il demanda si Remi ne serait pas général.

— C'est beau, ajouta-t-il en soupirant, c'est beau. Mais un général a quelquefois des désagréments.

Remi, que le noir amusait, dit :

— Télémaque, vous avez été général sous ce méchant singe de Soulouque?

Télémaque se troubla. Ses grosses lèvres tremblèrent. Il balbutia :

— Mouché Remi, il ne faut pas parler ainsi de l'empereur.

Remi avait entendu dire à son père que le général avait une peur effroyable de Soulouque, qu'il croyait encore vivant. C'est pourquoi il ajouta :

— Craignez-vous que l'ombre de Soulouque revienne la nuit vous tirer par les pieds? Il y a dix ans que sa Majesté est morte.

Le noir secoua lentement la tête :

— Non, mouché Remi, dit-il.

Remi eut beau dire que tout le monde savait que Soulouque était mort en 1867, à la Jamaïque. Le noir répondit :

— Non pas ! mouché Remi. L'empereur n'est point mort, il est caché.

Et le front de Télémaque se plissa sur son crâne dur.

De la casserole de cuivre s'exhalait une bonne odeur de chair et d'aromates. Le noir redevint heureux et dit en riant :

— Nous allons déjeuner, mouché Remi.

Il mit la nappe et le couvert sous une tonnelle tapissée de vigne vierge. Le petit jardin du cabaretier donnait sur de champs de salade. Le talus du chemin de fer de Versailles fermait l'horizon. Remi regardait vaguement cette maigre campagne quand Télémaque reparut, la bouche ouverte jusqu'aux oreilles, dans la fumée d'un plat qu'il portait des deux mains.

— C'est quelque chose de bon, mouché Remi, dit-il.

Et ils déjeunèrent de grand appétit. Miragoane, chargée de garder la boutique pendant le repas, tournait par intervalles vers les convives un regard résigné.

Quand ils en eurent fini avec le civet de
lapin, arrosé de vin d'Argenteuil, ils s'attardè-
rent aux sensualités du fromage de Brie étalé
sur le pain tendre.

— Télémaque, vous êtes très bien ici, dit
Remi qui s'y trouvait lui-même à souhait.

Mais, comme il est dans la nature humaine
de former sans cesse de nouveaux désirs, Télémaque poussa un soupir et dit :

— Savez-vous ce qui manque à mon établissement, mouché Remi? Il manque mon portrait peint, dans un cadre doré. Mon portrait
peint serait quelque chose de beau au-dessus
du comptoir. J'ai là-haut, dans un sac, une
grosse somme d'argent pour le tombeau d'Olivette. Mais j'en casserais bien un petit morceau
pour le peintre qui ferait mon portrait.

Sainte-Lucie répondit que le général aurait
son portrait sans écorner le mausolée de la
marraine Olivette.

— Je suis peintre, dit-il à Télémaque ébloui.
Quand je reviendrai, j'apporterai ma toile et
ma boîte de couleurs et je ferai votre portrait.

Deux militaires, annoncés par les aboiements
de Miragoane, demandèrent deux canettes.
Tandis que Télémaque disparaissait sous la

trappe qui fermait l'escalier de la cave, Remi,
dont la pipe s'était éteinte, alla prendre sur
le comptoir une allumette. Alors il vit passer
sur l'avenue le petit vieillard qu'il avait aperçu
dans le salon doré des dames de la rue des
Feuillantines. C'était bien le même petit vieillard, portant les mêmes favoris blancs et le
même parapluie.

— Télémaque! Télémaque! cria le jeune
homme.

La trappe soulevée laissa paraître Télémaque
comparable à un génie souterrain mais bien-
veillant. Il riait entre les deux bouteilles de
bière, qu'il eut immédiatement débouchées
pour les servir aux militaires attablés. Mais
Remi le tira vigoureusement par sa veste
blanche et l'amena surpris au seuil de la boutique.

— Télémaque, connaissez-vous ce vieux
monsieur? demanda-t-il, en montrant du doigt
le dos voûté du bonhomme.

Le noir, pressant les deux bouteilles contre
sa poitrine, répondit avec un gros éclat de
rire :

— Certainement, mouché Remi. C'est mon
propriétaire. Il se homme mouché Sarriette.

Je lui demanderai de me faire des réparations dans mon grenier.

Remi, sans lâcher la veste du cuisinier, dit précipitamment :

— Télémaque, ne demandez pas de réparations à ce vieillard.

Puis il ajouta d'un ton presque menaçant :

— Payez-vous votre loyer, Télémaque?

Mais comment penser que le restaurateur, qui habitait la même maison depuis vingt et un ans, ne payât pas son loyer?

Remi apprit ensuite que M. Sarriette passait pour riche, vivait le plus souvent en Normandie, où il avait du bien, et mesurait les monuments publics avec son parapluie.

Le jeune homme enthousiasmé s'écria :

— Télémaque! je ferai votre portrait. Je vous peindrai en général, avec un habit de marchand de vulnéraire, un chapeau à panache rouge et quatre épaulettes.

Mais le noir prit un air grave et contrit :

— Ce sera quelque chose de beau, mouché Remi, dit-il. Mais il ne faut pas faire cela, à cause de l'empereur, qui se fâcherait. Il est caché. Vous me peindrez avec un habit noir et vous mettrez trois diamants à ma chemise.

En descendant l'avenue de Saint-Germain,
Remi, bien que totalement dépourvu de réflexion
et jamais surpris de ce qui se passait autour de
lui et en lui, se demanda pourquoi il s'était
senti tout remué en voyant passer le vieil ami
des dames de la rue des Feuillantines.

IX

Après avoir longtemps médité la lettre gris
perle, la nuit du jour des Rois, et le rendez-
vous à la fontaine, le moraliste Branchut se
fit de ces événements une conception idéale.
Non seulement il ne songeait plus à répandre
le sang de Sainte-Lucie, mais le créole devenait, dans l'esprit du philosophe, absolument
étranger à ces événements mémorables. Branchut parvint, avec la seule aide du sens intime,
à connaître la vérité sur son aventure. Plein
de mépris pour les affirmations de Remi, qui
s'avouait hautement l'auteur de la lettre gris
perle, il savait avec toute la certitude de
l'intuition que cette lettre était écrite par une

femme exquise et désolée, d'une nature et
d'une condition rares. Par une suite d'induc-
tions dont les lobes cérébraux d'un métaphy-
sicien étaient seuls capables, le moraliste se
démontra jusqu'à la plus limpide évidence
que cette femme était une princesse danoise,
qu'elle se nommait Vranga et qu'ayant revêtu
des parures d'une poésie étrange et mélancolique pour se rendre à la Fontaine des quatre
évêques, elle était tombée morte dans son
boudoir au milieu des plantes tropicales, dont
le parfum, symbole de son amour pour Branchut, était délicieux et mortel.

A mesure que ces faits élégants et tristes
lui apparaissaient par suite d'un examen
subjectif et d'une enquête intérieure, le moraliste en faisait part à son ami Labanne, qui
n'y trouvait rien d'extraordinaire.

Les découvertes successives que faisait
Branchut au sujet de la princesse Vranga
eurent pour effet de le plonger dans une tristesse éloquente.

— Je dois expier, disait-il, par des tortures
choisies, l'incomparable crime d'avoir causé
la mort d'une créature d'élite, fine comme un
cheval de race et savante comme Hypatie.

Des frissons douloureux coulaient tout le
long de son nez expressif. Vranga était son
unique entretien. Il ne vivait plus qu'avec la
morte. Dans son désespoir, il oubliait d'emprunter des habits à Labanne. Drapé dans sa
couverture de cheval comme dans un suaire,
il errait avec une mélancolie hautaine sur le
boulevard Saint-Michel.

— Vous voyez, disait-il aux amis qui l'arrê-
taient, je suis en deuil.

Et il montrait sur sa tête quelque chose qui
ressemblait à un crêpe autour de quelque
chose qui ressemblait à un chapeau.

Pendant que le philosophe Branchut menait
ainsi le deuil de la princesse Vranga, Sainte-
Lucie témoignait à l'hôtesse du Chat Maigre
une froideur croissante. Il ne se hasardait
jamais seul dans l'établissement et évitait de
s'écarter de ses compagnons pour aller prendre
des allumettes sur une table voisine de la fontaine où Virginie rinçait perpétuellement des
verres.

Il devenait sérieux et faisait de la peinture
avec zèle. D'ailleurs, il y avait maintenant
dans l'atelier de Labanne un rude travailleur,
un gaillard musclé et râblé qui, la chemise

17

ouverte sur sa poitrine velue et les manches
retroussées, peignait tout le jour sans rien
dire. Sa tête de paysan, terreuse et ravinée,
plantée d'une barbe rude, n'exprimait aucun
sentiment; ses yeux ronds regardaient toujours et ne faisaient jamais rien voir. C'était
Potrel, Potrel dont Virginie dénonçait l'ingratitude. Revenu de Fontainebleau où il avait
passé deux ans à peindre, il peignait chez
Labanne en attendant que l'atelier qu'il avait
loué à Montmartre fût vacant.

Potrel parlait peu et mal. Penché sur sa
toile, sa palette à la main et clignant de l'œil,
il répondait aux théories de Labanne ce seul
mot : « Possible », qu'il articulait en rani-
mant, par une aspiration, le fourneau culotté
de son brûle-gueule.

Labanne lui dit un jour :

— L'absolu étant irréalisable, l'artiste ne
peut atteindre à la beauté absolue.

— Possible, répondit Potrel.

Et il continua de peindre.

Il faisait venir un modèle, un admirable
petit Italien, pleurnicheur et narquois, qui lui
volait son tabac. Sainte-Lucie put alors essayer
des académies. Quand Potrel se levait de son

tabouret pour se dégourdir les jambes, il donnait à Remi quelques indications brèves et nettes et se remettait à son morceau.

Un matin pourtant, il se grattait la barbe et se rongeait les ongles. Remi lui demanda pourquoi il ne faisait rien. Potrel étendit la main dans la direction du châssis vitré et dit :

— Ce sacré bibelot m'empêche de peindre.

Le bibelot n'était autre chose que le soleil, qui répandait sur l'atelier une lumière aveuglante.

Potrel mangeait beaucoup. Il allait dans les cabarets des cochers. Quand Remi lui parlait du Chat Maigre, Potrel se contentait de sourire. Un jour pourtant il demanda si Virginie avait toujours de belles formes. Après beaucoup de tentatives vaines, Remi put l'entraîner un soir dans l'établissement de la rue Saint-Jacques. Virginie, rouge comme une pivoine, servit à l'ingrat une large tranche de jambon.

— Mangez, monsieur Potrel, lui disait-elle. C'est bon, c'est fin. Voyez, le gras en est tout blanc. Vous ne buvez pas? Goûtez cette bière; je l'ai mise en bouteilles le mois dernier. Vous aimiez la bière autrefois.

Et Potrel mangeait et buvait, tandis que

debout contre sa chaise, Virginie, illuminée d'un sourire séraphique, se pâmait à chaque bouchée qu'avalait cet homme silencieux et robuste.

Remi sortit de la brasserie sans que l'hôtesse y prît garde. Et il soupira d'aise, comme un homme délivré d'un grand poids.

En rentrant chez lui, il rencontra le portier de la maison des deux dames qui entrait chez le marchand de vin et la portière qui babillait avec la fruitière à une assez bonne distance. Alors il lui vint une idée subite; il entra dans la loge abandonnée et chercha s'il ne pourrait pas y découvrir le nom des dames du quatrième étage. Il trouva sur le casier des lettres cette mention : *Madame Lourmel, rentière.*

Le lendemain, il vit par la fenêtre mademoiselle Lourmel qui versait à boire aux oiseaux dans un petit godet de porcelaine. Il la regarda sans le vouloir avec la chaleur d'une vive sympathie. Elle le vit et ne détourna de lui que lentement son regard naïf et brave. Il remarqua qu'elle n'était plus une enfant et qu'elle était jolie.

Il allait dans ce temps-là plusieurs fois la semaine à Courbevoie. Et le portrait de Télé-

maque sortait peu à peu de la toile. C'était un
très mauvais portrait. Mais Télémaque en
était enchanté. Le soir, quand sa boutique
était fermée, il mettait le portrait sur une
table entre deux chandelles et il dansait la
calenda ou bien il chantonnait avec un nasil-
lement doux :

Canga do ki la,
Canga li.

Miragoane, assise sur son derrière, assistait gravement à cette cérémonie. Il lui arriva
un jour de lécher affectueusement le nez
encore frais du portrait. Le dommage qui en
résulta fut aisément réparé.

Télémaque regretta un moment qu'il n'y
eût pas sur la toile, à côté de lui, Olivette en
châle rouge. Mais il en prit son parti et dansa
de nouveau la calenda.

X

Remi songeait en se levant qu'il avait terminé la veille le portrait de **Télémaque** et que
c'était, en son genre, un morceau remarquable.
Il vit avec plaisir, dans le cadre de la fenêtre
voisine, les deux petites mains qui frappaient
les touches du piano; elles n'étaient plus
rouges et frappaient moins sec. Mais il
remarqua que le lustre était emprisonné dans
une housse de mousseline et qu'un grand
remue-ménage se faisait dans l'appartement,
si calme d'ordinaire.

Les petites mains fermèrent le piano, dispa-
rurent, puis reparurent avec des sacs de
maroquin et des cartons à chapeau. Remi,

qui pressentait quelque grave événement, ne quitta pas son poste d'observation et surveilla les abords de la place. Au bout de deux heures de faction, il vit le portier chargé d'une pyramide de malles et de cartons, une voiture de place arrêtée à la porte, puis il vit la bonne de madame Lourmel entasser dans la voiture des sacs de voyage et des cartons encore.

Alors, saisissant sa boîte de couleurs et vidant dans sa poche le tiroir aux écus de son secrétaire, il se précipita nu-tête, en vareuse, en pantoufles, dans l'escalier et dans la rue. Il arrêta au passage un cocher étonné, le lança à la suite du fiacre dans lequel il venait de voir entrer un bout de jupe et qui déjà s'ébranlait sous sa pyramide chancelante.

Les deux voitures traversèrent Paris et s'arrêtèrent, l'une derrière l'autre, dans la cour de la gare Saint-Lazare. Remi suivit les deux dames et gravit derrière elles, dans son costume de chambre, l'escalier de la gare. Mademoiselle Lourmel tourna la tête pour voir cet étrange voyageur qu'elle reconnaissait fort bien. Elle le regardait avec une surprise qui contenait en même temps de la raillerie et de

l'admiration. Il joignit madame Lourmel au
guichet des billets, l'entendit demander deux
billets pour Avranches, prit après elle un billet
pour Avranches et respira. Il était quatre
heures douze minutes, et le train partait à
quatre heures trente-cinq. Madame Lourmel
alla avec sa fille faire enregistrer ses bagages.
Remi n'avait à accomplir aucune formalité de
ce genre, mais il lui restait à faire quelques
emplettes utiles. Il courut chez un marchand
d'habits de la rue de la Pépinière, prit sans
regarder deux ou trois costumes et paya le
marchand, qui contint une forte envie de faire
arrêter cet acheteur extraordinaire. Mais Remi
poussa un cri de détresse :

— Des souliers! s'écria-t-il, des souliers!

Le marchand, bel israélite à tête de bouc
avec une bouche avenante et des yeux impi-
toyables, répondit froidement qu' « il ne tenait
pas l'article chaussures ».

— Les vôtres! donnez-moi les vôtres! s'écria
Remi désespéré.

Mais l'israélite, de plus en plus inquiet, fit
une mine si sombre que Remi s'échappa en
pantoufles avec ses habits, qu'il revêtit en
chemin dans le fourmillement de la rue bril-

lante. Il décrocha dans une boutique voisine
et paya au vol un chapeau. Il était quatre
heures vingt-sept minutes. Remi s'élança vers
la gare et entra à quatre heures trente-deux
dans la salle d'attente, qui n'avait peut-être
pas encore reçu un voyageur en pantoufles.
Deux yeux couleur de violette, qui l'accueil-
lirent à son entrée, semblaient lui dire :
« Nous vous attendions. Vous êtes bien
extraordinaire avec votre teint brun, vos
habits neufs endossés à moitié et vos savates
du matin. Mais vous ne nous faites ni peur,
ni chagrin. Vous ne nous paraissez pas
méchant et vous avez un air hardi qui ne
nous déplaît pas. Voilà tout ce que nous
avons à vous dire. Pour le reste, adressez-
vous à maman. » Si les deux yeux de violette
parlaient ainsi, les regards de madame Lourmel trahissaient cette sorte d'inquiétude
qu'on voit aux poules quand on attire un
de leurs poussins en lui jetant des miettes
de pain.

Remi laissa discrètement la mère et la fille
seules dans leur voiture et s'installa à l'autre
bout du train. Assis sur sa banquette, il se
demanda d'abord où, quand et comment il

pourrait acheter des souliers, puis, comptant son argent et trouvant qu'il avait encore 21 fr. 35, il se sentit très rassuré. Enfin, il se demanda si, par hasard, il ne serait pas amoureux de mademoiselle Lourmel.

XI

Huit jours après le départ de Remi, M. Godet-Laterrasse, pris d'une subite ardeur pédagogique, s'achemina, un Tacite dans sa poche, vers l'hôtel de la rue des Feuillantines. Il apprit là que son élève était disparu. Un nuage passa sur son front sublime, sur ce front qui, s'il eût été un miroir, n'eût reflété que le ciel, les goélands du Pacifique et les constellations des deux mondes. Les esprits supérieurs ont plus souvent que les autres des pressentiments. C'est pourquoi, abjurant une vieille inimitié, il se rendit à l'atelier de Labanne.

Le sculpteur, qui n'avait aucune idée du temps et de l'espace, ne put rien lui dire. Mais

il le conduisit chez la nourrissante Virginie,
qui attribua la disparition de Remi à un chagrin sur la nature duquel elle ne s'expliquait
pas. Mais elle insinua qu'elle pouvait ne pas
être étrangère à cet événement. Si, comme elle
le craignait, M. Sainte-Lucie avait cédé à un
désespoir d'amour, elle en était désolée. Mais
on ne peut pourtant pas contenter tout le
monde, quand on n'est pas une femme comme
il y en a tant. Elle n'avait rien fait pour que
M. Remi fût jaloux de M. Potrel. Elle termina
en déclarant qu'elle était une honnête femme et
qu'elle n'avait rien à se reprocher. Elle prit le
tableau du Chat Maigre à témoin de son innocence, et retourna dans l'ombre où elle avait
coutume de rincer des verres.

M. Godet-Laterrasse regagna soucieux les
hauteurs de Montmartre. Il en descendit le lendemain sur une impériale d'omnibus et retourna
à l'atelier, qu'il avait choisi pour centre d'opérations. Il y trouva le moraliste Branchut
occupé, dans sa couverture, à rédiger un traité
sur l'amour. Plein de son sujet, Branchut
l'exposa.

— L'amour, dit-il, n'est absolu qu'entre deux
êtres qui ne se sont jamais vus. Deux âmes ne

sont en parfaite harmonie que dans l'absence
éternelle. La solitude est la condition nécessaire
de la passion définitive.

M. Godet-Laterrasse résista aux séductions
d'un duel oratoire dans ces régions sublimes.
Il demanda au moraliste s'il n'avait pas vu
Sainte-Lucie.

La disparition du créole, que Branchut
ignorait totalement, fit jaillir de la tête du philosophe une infaillible intuition. En un clin
d'œil bien des choses lui furent révélées. Selon
lui, cette disparition n'était pas sans une
étroite connexité avec la mort de la princesse
Vranga. La conduite ténébreuse de M. Sainte-
Lucie, dans les circonstances qui précédèrent
et accompagnèrent la fin lamentable et poétique
de la princesse, était de nature, aux yeux du
moraliste, à laisser un remords éternel dans
l'âme de ce jeune homme, léger en apparence,
mais machiavélique en réalité.

— La princesse Vranga devait mourir,
ajouta le philosophe avec sérénité. Il était
nécessaire qu'elle mourût pour que l'amour
qu'elle avait conçu pour moi se réalisât dans
l'absolu. Mais, en interceptant à plusieurs
reprises les lettres que la princesse m'écrivait

et dont j'ai rétabli le texte par intuition, et en ne me livrant que la dernière avec une ironie satanique, monsieur Sainte-Lucie a commis un crime qui l'a très probablement conduit au suicide.

Ainsi parla Branchut, dont le nez vibrait sur une face livide, plaquée de rouge, sous des yeux injectés et hagards. Labanne survint à temps pour entraîner dans la rue le malheureux précepteur, qui agitait éperdument son parapluie au-dessus de sa tête.

— Mon pauvre moraliste, s'écria Labanne, jamais il n'a eu de plus belles idées! Un grain de phosphore dans le cerveau, et c'était un homme de génie! mais il a deux grains de phosphore. Voilà le malheur.

Labanne se rappela que Sainte-Lucie lui avait parlé avec enthousiasme d'un général noir, aubergiste à Courbevoie. Le sculpteur pensait que ce nègre saurait quelque chose; d'ailleurs il avait envie de le voir.

Ils montèrent sur l'impériale d'un tramway qui les conduisit à la place de l'Étoile. Labanne s'arrêta instinctivement au premier café qu'il vit et s'abandonna devant les chopes à d'interminables bavardages. M. Godet-Laterrasse lui

répondit longuement. Labanne ne l'écouta pas
et lui répondit. De belles théories furent ainsi
déroulées. Tout à coup le sculpteur donna un
coup de pouce dans l'air et dit :

— Il y aurait un moyen de rendre cette
chose supportable à l'œil.

La chose était l'Arc-de-Triomphe.

— Ce moyen est simple. Mais vous verrez
qu'on n'y pensera pas. Il suffirait toutefois
d'établir au pied de l'édifice un nombre suffisant de savetiers, d'écrivains publics et de
marchands de pommes de terre frites; ceux-ci
très utiles à cause de la fumée. Les échoppes
devraient être sordides et accompagnées
d'enseignes incorrectes ainsi que de figura-
tions grossières. On permettrait à ceux qui les
construiraient d'enlever des pierres au monument, surtout aux angles, ce qui en atténuerait
très avantageusement la dureté. Il serait bon
de combler les trous qui résulteraient de ces
divers descellements avec des pelletées de terre
dans lesquelles on sèmerait des faînes et des
glands. Les hêtres, les chênes, en déployant
à différentes hauteurs leurs bouquets verts,
rompraient la monotonie des surfaces grises
et, en poussant leurs racines dans la maçon-

nerie, détermineraient des lézardes d'une
sinuosité pittoresque. Il faut beaucoup de
lierre, mais cette plante grimpante ne nous
fera pas défaut; elle vit sur la pierre. Les
vents et les oiseaux sèmeront dans la poussière
des fissures la giroflée, qui aime les vieux
murs, et mille autres graminées. Le saxifrage,
avide d'humidité, la ronce et la vigne vierge
naîtront et pulluleront à l'aventure. Le faîte
de l'édifice sera dentelé de pigeonniers. Les
hirondelles maçonneront leurs nids sous les
voûtes. Des compagnies de corbeaux, attirés
par les cadavres des loirs et des mulots,
s'abattront sur les corniches à la tombée de
la nuit. Alors, l'Arc-de-Triomphe, entretenu
de la sorte avec un soin intelligent, pourra
être regardé par les poètes, copié par les
peintres et considéré comme une œuvre d'art.
Garçon, un bock!

La nuit tombait. L'artiste et le penseur
renoncèrent à pousser plus avant et reprirent
le tramway de Montparnasse.

XII

Pendant que madame Lourmel s'installait
avec sa fille dans une petite maison de pierre
grise et de chaume sur une plage peu fré-
quentée, à quelques kilomètres d'Avranches,
Remi, joyeux et trempé d'eau salée, s'en allait
à une foire voisine avec sa boîte de couleurs.
Il ne lui restait que 14 fr. 70, mais il avait des
souliers. Des files de charrettes s'alignaient
aux abords de la place. Et c'était sous le
quinconce une grande confusion de faces
rougeaudes à colliers de barbe blonde,
d'échines de veaux sur lesquelles s'écaillait
la bouse, de cornes, de groins, de croupes
luisantes et de coiffes blanches. Les cris des

18

cochons qu'on tirait des charrettes dominaient
la vague rumeur des bêtes et des gens. Tandis
que les femmes, une chaîne d'or au cou,
sur le fichu de coton, se tenaient roides dans
leurs jupes plates près des charrettes et
veillaient âprément, les hommes, en blouse
bleue à plis bouffants, traitaient leurs affaires
en buvant du cidre dans le cabaret plein de
mouches.

Remi passa sous la branche de houx et
s'installa avec son papier et ses crayons à une
des tables du cabaret. Il fit un portrait, puis
un autre, puis un autre, puis celui de tous les
paysans qui le regardaient. Il demandait vingt
sous de chaque portrait. Mais les bourses ne se
déliaient pas.

— Allez chercher vos amoureuses, dit
l'artiste. Je vais les croquer.

Il y eut une rumeur dans la foule et une
grosse fille fut poussée devant Remi par trois
ou quatre compères d'une extrême jovialité.
Elle était pourpre, presque violette et riait
d'une oreille à l'autre. Remi fit un croquis où
la fille était reconnaissable à sa coiffe et à sa
croix. Un des joyeux compères chercha dans
un bas de laine une pièce blanche pour le

peintre et mit sous sa blaude le dessin proprement plié en quatre.

L'opinion fut que le Parisien tirait bien les ressemblances, et Remi s'en retourna avec quelques pièces blanches dans ses poches.

Il coucha dans l'auberge la plus rustique du village où madame Lourmel s'était établie et parut le lendemain sur la plage blonde où des cabines bariolées étaient rangées en ligne.

La mer, bleue à l'horizon, montait lentement et déferlait sur le sable en lames huileuses et verdâtres, frangées d'écume. Un ciel humide et doux, un de ces ciels perfides qui caressent et brûlent la peau tendre des citadins, fermait l'horizon circulaire. Le vent modéré qui soufflait du large taquinait les toilettes des Parisiennes. Des femmes grêles, en costume de bain et la chevelure prise dans un bonnet de toile gommée, couraient au-devant de la lame. Il aperçut mademoiselle Lourmel dont le voile violet flottait librement.

Il eut envie de lui sauter au cou, mais il vit déboucher, à l'angle d'un petit chemin qui mourait sur la grève, M. Sarriette, avec ses mêmes favoris blancs et son même parapluie.

— Bonjour, monsieur Sarriette, dit-il au vieillard surpris.

Au bout d'un quart d'heure, ils étaient bons amis.

— J'aime beaucoup les vieux monuments, dit M. Sarriette. Et, tel que vous me voyez, j'ai passé trois semaines à mesurer tous les murs de l'abbaye du mont Saint-Michel. Par une habitude qui m'est particulière, je me suis servi de mon parapluie pour prendre ces mesures. Ainsi les remparts ont une hauteur moyenne de soixante-douze parapluies, et, dans l'église, les colonnes de la nef ne mesurent pas moins de trente-sept parapluies, trois becs et deux bouts ferrés.

M. Sarriette fut enchanté d'apprendre que Remi était peintre. Ils convinrent d'exploiter ensemble tout l'Avranchais. M. Sarriette mesurerait les monuments historiques et Remi en prendrait des croquis.

— Présentez-moi à madame Lourmel, dit Remi.

Et sur ces mots du bonhomme : « Monsieur Remi Sainte-Lucie, fils de monsieur Sainte-Lucie, ancien ministre à Haïti », Remi s'inclina devant madame Lourmel muette de surprise, et devant la jeune fille, qui ouvrait démesurément ses yeux de violette, tandis que sa bouche s'épanouissait.

Le soir de ce jour, madame Lourmel et sa fille, accoudées à la fenêtre, respiraient l'air chargé de sel et regardaient la lune levée sur la mer scintillante.

— Mais, mon enfant, disait madame Lourmel, nous ne savons rien ni de sa famille, ni de sa fortune, ni de sa conduite.

— Mais, maman, je l'aime, s'écria la jeune fille avec l'audace de l'innocence.

— Que dis-tu là, Jeanne? reprit la mère. Tu ne le connais même pas.

Et Jeanne, dont les beaux yeux brillaient d'une tendresse un peu mutine, repartit :

— Maman, je ne le connais pas, mais je le reconnais.

XIII

M. Alidor Sainte-Lucie, arrivé depuis douze heures à Paris, n'avait pas encore vu son fils. Il l'avait vainement cherché dans la gare et vainement attendu à l'hôtel. Cette absence l'offensait; ses nerfs, ébranlés par un long voyage, avaient ressenti, sur le paisible sommier de l'hôtel, le tangage du navire et la trépidation de l'express. Il se réveilla mécontent. Le vague malaise qui traversait ses membres résonnait dans son cerveau.

Couché à demi dans un fiacre et cahoté sur le pavé des rues montantes, il songeait avec mauvaise humeur à l'éducation de son fils, que M. Godet-Laterrasse menait si mollement.

Quatre ans s'étaient passés, et Remi n'était
pas bachelier. C'était donc pour obtenir un
semblable résultat, qu'il avait choisi comme
précepteur un homme pauvre, mais supérieur!
Il avait mieux espéré de M. Godet-Laterrasse,
si élqquent et si austère dans les cafés politiques.
Les lettres qu'il recevait du précepteur l'aga-
çaient par leur vague et leur creux. Il était en
outre furieux contre Remi, qui n'était pas venu
embrasser son père à la gare, comme il le
devait. Une odeur de friture vint agacer ses
narines. Le fiacre montait lentement, traîné
par un maigre cheval qui, la tête basse et la
langue longue, tendait l'échine au fouet. Enfin
le cocher s'arrêta sans rien dire. Devant la
portière du fiacre, les cent soixante marches
du passage Cotin s'élevaient roidement.

M. Alidor, descendu de voiture, donna au
cocher une pièce de cent sous que celui-ci,
bourgeonné de visage, énorme et poudreux,
mit entre ses dents sans s'expliquer davantage.
Alors commença une longue scène muette.
Le cocher, mouvant avec lenteur, sur son
siège, sa masse colossale, fouilla dans une
de ses poches, dont il tira un sac, s'arrêta
pour surveiller sa bête qui remuait convulsi-

vement, explora une autre poche, poussa son
cheval quelques pas en avant pour se garer
d'un camion qui ne le menaçait pas, retourna
les goussets de son gilet rouge et finalement
montra sept sous au voyageur exaspéré. C'est
tout ce qu'il pouvait rendre. Il n'avait pas
d'autre monnaie. M. Alidor lui tourna le dos
avec rage et l'entendit fouetter son cheval en
grommelant. Les irréprochables bottines ver-
nies craquèrent sur les pierres disjointes du
passage Cotin et gravirent, de degré en degré,
la voie ardue qui suintait en plein été des
humeurs infectes et gluantes. Enfin, après
avoir glissé sur les degrés visqueux de l'escalier intérieur, M. Alidor agita la patte de
biche qui pendait à la porte moisie. Après un
assez long silence, la porte s'entre-bâilla et
laissa passer une tête encornée d'un madras
multicolore. L'homme supérieur, réveillé en
sursaut, avait enfourché à la hâte un pantalon
crotté d'une boue très ancienne qui s'écaillait.
Une odeur de tabac humide pesait dans l'air.
Un jour verdâtre, épuisé par de nombreux
ricochets, filtrait péniblement à travers les
vitres sales. Des caricatures politiques étaient
épinglées aux murs. Le lavabo était envahi

par des livres crasseux et débraillés. Un morceau de savon, un peigne et la moitié d'un
petit pain se mêlaient à des manuscrits et à
des dictionnaires sur la table à écrire. Cette
misère révélait une telle habitude de paresse
et de désordre, que M. Sainte-Lucie, après un
seul coup d'œil jeté sur la chambre, connut le
précepteur comme s'il l'avait suivi de café en
café pendant vingt ans. Le malheureux créole
s'efforçait de relever par la dignité de sa tenue
l'ignominie de sa demeure.

— Excusez-moi, dit-il à l'ancien ministre,
de vous recevoir dans le désordre d'une cellule
d'anachorète moderne.

Il ajouta en se redressant :

— Les bénédictins du XIX⁰ siècle, c'est
nous!

Et il fourrait, à la dérobée, dans ses poches,
le peigne et les croûtes de pain qui déshono-
raient sa table.

M. Sainte-Lucie dut reconnaître intérieurement qu'il s'était trompé lui-même et qu'il
n'avait pas été trompé. Comment M. Godet-
Laterrasse eût-il pu tromper quelqu'un? Ce
lézard crotté était pitoyable, mais s'il y avait
un sentiment étranger à l'âme de M. Alidor

Sainte-Lucie, c'était bien la pitié. Il ne pouvait s'en prendre qu'à lui-même, et c'est ce qu'il pardonnait le moins à son innocent précepteur. Dans sa colère, il serrait les lèvres et jetait des regards sombres. Mais il éprouva bientôt une volupté spéciale à dissimuler. Il fit prendre à sa voix douce d'homme fort un accent presque câlin pour dire :

— Mon cher monsieur Godet, pardonnez-moi de vous avoir pris au saut du lit. (Et quel regard il jeta à ce qu'il nommait poliment un lit!) Ma première visite a été pour vous. Nous irons surprendre Remi, que j'avais averti de mon arrivée et qui s'en est fort peu inquiété. Je veux lui tirer les oreilles.

A ces mots, un frisson d'épouvante agita le précepteur, qui, si haut qu'il levât la tête, voyait au-dessus de lui le visage énigmatique du mulâtre.

Il essaya un sourire et répondit en balbutiant qu'il avait donné congé à Remi pour cette journée et que l'étudiant devait sans doute faire une partie de campagne.

Le malheureux n'avait gagné qu'un jour. Il le passa en recherches qui le harassèrent et ne lui firent rien découvrir.

Le lendemain matin, dès huit heures, M. Sainte-Lucie reparut dans la cellule, que le bénédictin du XIXe siècle avait un peu mise en ordre. Lui-même s'y tenait en cravate blanche, avec cette expression stoïque qui le rendait si remarquable dans les cérémonies. La peur que lui donnait l'ancien ministre de Soulouque n'était pas son seul tourment. Il avait peu de crédit dans l'impasse du Baigneur et, ne possédant pas vingt sous, il était aux abois. Les deux cents francs qu'il touchait chaque mois au consulat d'Haïti étaient régulièrement écornés par les acomptes qu'il versait à divers fournisseurs. Car il était honnête. Le reste de la somme ne lui faisait pas un long usage. Son geste favori était de répandre l'or.

Il suivit M. Sainte-Lucie avec un excès d'inquiétude qui l'étourdissait, l'aveuglait, l'anéantissait et devenait peu à peu de l'indifférence. Réveillé en sursaut par la voix du Haïtien qui nommait au cocher la rue des Feuillantines, il essaya de gagner encore quelques heures.

— Cher monsieur, dit-il, nous n'aurons toutes les chances de trouver Remi que dans l'après-midi, à l'heure de ma leçon.

Le mulâtre, méfiant et dissimulé, soupçonna qu'on lui cachait quelque chose. Il eut comme de la joie à emmagasiner les griefs dans sa mémoire et répondit avec une bonhomie parfaite :

— Hé! bien, allons déjeuner. Vous devez avoir faim, monsieur Godet.

Ils déjeunèrent dans un café du boulevard. Le précepteur mangeait peu et regardait avec épouvante le mulâtre colossal avaler les viandes qui nourrissaient sa force. Jamais cet homme ne lui avait paru si grand et si large. D'énormes bras aux muscles de bronze apparaissaient sous les manchettes boutonnées d'or du Haïtien, qui parlait avec une douceur presque enfantine. Le pétillement de ses yeux cruels était amorti par des cils abaissés avec confiance. Et cette confiance ajoutait aux angoisses du précepteur. Le déjeuner traîna en liqueurs et en cigares. Il finit pourtant. Et la voiture, amenée par un garçon de café, emporta vers la rue des Feuillantines le père et le maître.

Celui-ci espérait un miracle. Il s'attendait presque à trouver, par un coup de la Providence, Remi occupé dans sa chambre à piocher son Tacite.

La première parole de la maîtresse d'hôtel fut foudroyante.

— Monsieur Remi n'a pas reparu, dit-elle ; il faut avertir la police.

M. Alidor se tourna vers le précepteur en croisant les deux bras. Sa face restait brune et mate, mais ses lèvres étaient blanches et ses yeux injectés. Les dents serrées, il demanda avec une voix de gorge :

— Où est-il ? Vous me répondez de lui !

Puis il étendit sa forte main et saisit le bras du précepteur, qui, puisque la terre ne s'entr'ouvrait pas sous lui, devant le bureau de l'hôtel, leva la tête et contempla la cage de l'escalier. Jusque dans son écroulement même, il restait sublime. M. Sainte-Lucie jeta un regard de côté, vit des chandeliers de cuivre rangés sur une tablette, des clefs étiquetées et une affiche de liquoriste, choses qui témoignaient d'une civilisation européenne. S'il avait vu autour de lui des mornes arides, les parois abruptes d'une ravine ou les palétuviers de son île, il aurait cédé vraisemblablement au désir voluptueux d'étrangler le précepteur. Il s'abstint par respect pour les mœurs continentales et il se contenta de dire :

— Je ne vous quitte plus que vous ne l'ayez retrouvé.

Alors commença la série des courses en fiacre. M. Godet-Laterrasse guidait le mulâtre muet. Il dînait avec lui dans des restaurants somptueux, recevait les sourires amènes des garçons et mangeait des mets succulents. Il montait, le soir, sur des tapis sourds, l'escalier de l'hôtel, et l'ombre démesurément allongée de son compagnon inévitable montait à son côté. Il entrait dans une belle chambre dont la clef se refermait sur lui, et ne grinçait le lendemain matin que pour le rappeler à cette existence somptueuse et cruelle. Un fiacre qui les attendait dans la rue les prenait et roulait tout le jour. Ils allèrent au Chat Maigre. Virginie étala devant le père beaucoup d'intérêt pour le fils. Elle avait reprisé, disait-elle, le linge de M. Remi. Elle se serait jetée au feu pour lui. Elle n'était pas une femme comme il y en a tant.

— Allez voir à la morgue, ajouta-t-elle en soupirant.

Elle s'enfuit dans la cuisine pour reparaître un moment après, le nez rouge et les paupières fripées et tenant à la main une note que M. Remi n'avait pas réglée.

Elle profita aussi de la circonstance pour rappeler à M. Godet les consommations qu'il lui devait. Mais l'homme de fer avait oublié son porte-monnaie. D'ailleurs, il ne luttait plus. Sa captivité roulante l'épuisait. Il fut traîné du Chat Maigre à l'atelier de Labanne. Le sculpteur déclara, en caressant sa barbe rutilante, qu'il ne voyait pas encore le monument expiatoire des victimes de la tyrannie. Il étudiait la flore des Antilles. Il montra à M. Sainte-Lucie un chevalet déjà à moitié enseveli sous un amoncellement de livres.

— C'était le chevalet de Remi, dit le sculpteur. Le gaillard commençait à peindre avec une adresse de singe.

— Mon fils est peintre! s'écria M. Sainte-Lucie étonné.

Et par un geste qui lui devenait familier, il poussa le précepteur dans la voiture qui les attendait. Ils allèrent à la préfecture de police; ils allèrent chez Dion, qui composait un poème sous des fleurets en croix. Une tête de mort, masquée d'un loup à barbes de dentelle, était posée sur sa bibliothèque. Ils allèrent chez Mercier, qui vivait avec une sage-femme fortement charpentée et haute en cou-

leur. Ils allèrent au fond des Batignolles, dans
l'atelier où Potrel faisait de la peinture. Ils
allèrent chez une demoiselle Marie et chez une
demoiselle Louise qui appela l'ancien ministre
« papa » et lui fit des agaceries.

Un jour, après un excellent déjeuner, et
voyant déjà le fiacre qui devait l'emporter,
M. Godet-Laterrasse demanda à M. Sainte-
Lucie qu'il lui fût au moins permis d'aller dans
son appartement chercher une chemise et des
chaussettes. Mais le père, sans lui répondre,
ordonna au cocher de s'arrêter devant le premier chemisier qu'il rencontrerait.

Ce jour-là, ils allèrent chez Télémaque.
Miragoane, qui n'avait jamais vu de fiacre
s'arrêter devant la boutique de son maître,
aboya avec inquiétude. Et quand Télémaque vit
descendre l'ancien ministre de l'empereur, il
fut saisi de respect et d'effroi.

— C'est vous ! mouché Sainte-Lucie.

Il dit, se tut et sa bouche resta ouverte.

Il coulait des regards furtifs sur le fiacre,
dans la crainte que Soulouque y fût caché.
Mais rassuré à cet égard, il envoya un sourire
à M. Godet-Laterrasse et descendit à la cave
pour y chercher des bouteilles de bière.

En son absence, M. Sainte-Lucie examina le portrait qui était suspendu, dans un cadre doré, au-dessus de la stalle du comptoir.

— N'est-ce pas, mouché, que c'est quelque chose de beau? dit le noir, dont la tête seule passait au ras du sol. C'est mouché votre fils qui a peint mon portrait. Il est sorcier, mouché Remi.

Le père lança au précepteur le regard de deux prunelles chargées d'un venin noir. Ce fut tout.

Quand il apprit de l'ancien ministre que Remi était disparu, Télémaque réfléchit long-temps. Ses yeux mi-clos, comme ceux d'un matou qui s'endort, semblaient consulter ceux de Miragoane. Enfin, il secoua la tête et dit avec une gravité religieuse :

— Mouché, l'amour a emporté le jeune homme. Les jeunes gens sont agités par l'amour, comme le frère Vandou quand il danse sur la cage du serpent. Une vieille femme qui fait bien la cuisine est quelque chose de bon. Mais une jolie jeune fille est aussi quelque chose de bon.

Télémaque se tut.

— Vous savez où est mon fils? lui dit M. Sainte-Lucie.

— Oui, mouché, lui répondit Télémaque;
il est où est la jeune fille.

On lui demanda où était la jeune fille dont
il parlait.

— Je ne sais pas, mouché, répondit-il.

Et il sourit comme un petit enfant.

M. Sainte-Lucie n'en put obtenir davantage.
Il poussa le précepteur avec son paquet de
chemises et de chaussettes dans le fiacre et
adjura Télémaque de lui faire savoir tout ce
qu'il pourrait découvrir à l'égard de Remi.

XIV

Télémaque était vêtu de noir. Il avait très
bonne mine dans ses habits bourgeois et le
suisse de l'hôtel lui indiqua sans hésiter l'escalier d'honneur.

— Bonjour, mouché, dit-il à M. Alidor,
qu'il trouva en veston rose et en pantalon à
pieds. Je sais où est mouché Remi. Il est où
est la jeune fille, et la jeune fille est à
Avranches sur la mer.

Il expliqua ensuite qu'ayant remarqué, en
plusieurs occasions, que le jeune homme
s'intéressait beaucoup à M. Sarriette, propriétaire à Courbevoie, il avait pensé que ce devait
être à cause d'une jeune fille. Il avait appris

par la bouchère et la boulangère que M. Sarriette, qui voyait peu de monde, était le tuteur
d'une jeune fille, orpheline de père, qui habitait
avec sa mère la rue des Feuillantines. Cette
fille était jolie, disait-on. Et sachant que
M. Sarriette était allé retrouver sa pupille
dans un petit village près d'Avranches, Télémaque ne douta pas que mouché Remi ne
fût aussi à Avranches. Il affirma que frère
Joseph, le prophète, n'eût pas mieux deviné,
même après avoir dansé sur la cage du
serpent.

M. Sainte-Lucie courut tirer de sa prison le
précepteur, qui commençait à s'accoutumer à
cette vie plantureuse et stupéfiante, et lui
ordonna de faire ses malles. A cette cruelle
ironie, M. Godet-Laterrasse regarda le plafond
avec ces yeux de caniche et de martyr qui le
rendaient si touchant. On lui fit acheter
quelques mouchoirs par un garçon d'hôtel et
il dut rouler, au côté du mulâtre, sur la ligne
de Normandie.

Les deux voyageurs passèrent la nuit à
Avranches. Le lendemain matin, une lumière
douce argentait la baie de sable, au fond de
laquelle le mont Saint-Michel mettait sa pyra-

mide brune et dentelée. M. Sainte-Lucie
entraîna M. Godet-Laterrasse jusqu'à la
voiture publique qui devait les conduire au
village des bains. L'ancien ministre se jeta
dans le coupé et fit placer son prisonnier sous
la bâche, entre deux caisses dont les angles lui
entraient dans les côtes.

Arrivé sur la plage par un joli temps d'un
gris tendre, M. Sainte-Lucie enferma sa victime
dans une chambre d'hôtel. L'hôtelière, inter-
rogée, répondit que M. Remi, accompagné de
M. Sarriette, était parti avec sa boîte de
couleurs du côté des falaises. En effet, après
dix minutes de marche, M. Alidor trouva son
fils tranquillement occupé à peindre des rochers.
Le père eut envie tout à la fois de l'assommer
à coups de canne et de l'embrasser à tour de
bras. Il ne savait lequel de ces deux désirs
satisfaire quand Remi lui sauta au cou.

Ce n'était plus le grand enfant maussade
que son père avait vu quatre ans auparavant.
C'était un robuste gaillard, bien éveillé et de
bonne humeur. Il avait la mine ouverte et
souriante.

— Quel bonheur que vous soyez venu, papa!
s'écria-t-il. J'allais vous écrire. Monsieur Sar-

riette, que je vous présente, vous présentera à madame et à mademoiselle Lourmel.

M. Sarriette cessa de mesurer la falaise avec son parapluie et salua.

Le soir, sous l'innombrable armée des étoiles, M. Alidor Sainte-Lucie, paré de toutes ses grâces créoles, offrait le bras à madame Lourmel pour faire un tour de promenade sur la plage.

Remi marchait à côté de Jeanne et regardait les ombres bleues de la nuit descendre des cils de la jeune fille sur ses joues rondes. Elle tourna sur le jeune homme ses yeux frais comme des violettes trempées de rosée, et, laissant voir ses dents sur lesquelles descendait un rayon de lune, elle dit :

— Maman ne comprenait pas du tout, mais pas du tout pourquoi vous étiez parti en voyage en même temps que nous, sans chapeau, avec des pantoufles et un veston. Mais moi j'ai bien compris que c'était parce que vous vouliez m'épouser.

M. Alidor, resté seul avec son fils, lui dit d'un ton moitié tendre, moitié bourru :

— Elle est très bien, cette jeune fille. Tu n'en méritais pas une pareille. J'ai eu bien tort de ne pas raconter à madame Lourmel la vie que tu as menée à Paris, polisson. Sais-tu peindre au moins?

Tout à coup, il se frappa le front.

— Et cet imbécile de Godet que j'ai laissé enfermé dans sa chambre! s'écria-t-il

FIN

TABLE

JOCASTE. 1

LE CHAT MAIGRE. 157

IMP. CHAIX, 20, RUE BERGÈRE, PARIS. — 13188-7-25. — (3997-7-25)

www.ingramcontent.com/pod-product-compliance
Lightning Source LLC
Chambersburg PA
CBHW072119020726
47501CB00003B/891